W0372701

Antoine S.

IM RAUSCH DER SINNE

Roman

Deutsch von Anke Leifheit

Wunderlich Taschenbuch

Die Originalausgabe erschien 1984
unter dem Titel
«Florian ou le Savoir-Jouir»
bei Éditions Robert Laffont, Paris

Neuausgabe Mai 2002

Veröffentlicht im Rowohlt Taschenbuch Verlag GmbH,
Reinbek bei Hamburg, Juni 1993
Copyright © 1985 by Rowohlt Taschenbuch Verlag GmbH,
Reinbek bei Hamburg
unter dem Titel «Florian der Genießer»
«Florian ou le Savoir-Jouir»
Copyright © 1984 by Éditions Robert Laffont S. A., Paris
Alle deutschen Rechte vorbehalten
Umschlaggestaltung any.way, Barbara Hanke / Cordula Schmidt
(Foto: MAURITIUS-nonstock)
Gesamtherstellung Clausen & Bosse, Leck
Printed in Germany
ISBN 3 499 26383 1

Im Andenken an Henry Miller,
meinen Meister.

Antoine S.

I

Florian pflegte immer ganz nackt zu schlafen, zu allen Jahreszeiten, an allen Orten, in allen Betten.

An diesem Morgen wachte er früh auf, angeregt von seinem Gulliver, der sich in fröhlicher Habacht-Stellung reckte wie immer am Ende der Nacht. Dem brennenden, empfindlichen Kopf des hitzigen Tieres gefiel es, sich am linnenen Laken zu reiben, das ihn gleichzeitig kratzte und streichelte. Eine köstliche Empfindung!

Mit halbgeschlossenen Augen und lauerndem Verlangen gab Florian sich dem sanften Erwachen hin. Gedanken tauchten auf, nahmen Form an, und wie Schmetterlinge flogen sie wieder fort. Wo war er? Wessen Bett war dies? Mit wem hatte er die Nacht verbracht? Erst streckte er den rechten Arm aus, dann den linken: es lag niemand neben ihm.

Die Schleier der Nacht verflüchtigten sich, und die Welt nahm ihre gewohnten Konturen an. Er tauchte auf. Er erkannte das Fenster, die Zimmerdecke mit ihrem leichten Streifenmuster in Form der chinesischen Mauer (vom Flugzeug aus fotografiert), das Zimmer, die Gegenstände waren da, alles war am rechten Platz. Er war zu Hause.

Er streckte die Nase aus den Laken, und wie ein Tier, das aus seinem Bau kriecht, sog er schnuppernd die Luft ein und prüfte die verschiedenen, sich mischenden Gerüche. Bei der Weinprobe nimmt man eine kleine Menge Flüssigkeit in den Mund und achtet dann auf seine Papillen. Auf die gleiche Art sog Florian ein wenig Luft tief durch die Nase ein und stieß sie wieder aus; die Sensibilität, mit der er ein- und ausatmete, hatte er im Laufe vieler Jahre erworben.

Der Geruch, der im Moment alle anderen – den großen Orchestergraben – beherrschte, war derjenige des Kaffees, einer Mischung aus Robusta und Arabica, wie es schien, ja, genau das war es: Arabusta, mittlere Qualität, importiert aus Am ..., nein, aus Afrika, «filterfein gemahlen». Auf dieses vakuumverpackte Pulver hatte eine zu eilige Hand zu heftig kochendes Wasser aufgegossen. «So macht man keinen Kaffee, sie hat einfach keine Nase, die Hausfrau aus der zweiten Etage – ob sie wohl zum Orgasmus kommt?»

Die robust-arabischen Duftschwaden waren die drei Treppen hochgestiegen, unter vier Türen durchgedrungen, um endlich die vom feuchten Samt der Nasenschleimhaut bedeckten fünfzig Millionen Geruchs-Neuronen zu erreichen. Ein Teil dieser Neuronen (und zwar die auf Alkaloide spezialisierten Detektoren) waren sofort gewaltig auf der Hut, und durch ein unwahrscheinliches Geflecht von Nervenleitungen übermittelten sie dem Gehirn die Signale, die sie zuvor millionenfach verstärkt hatten. Kaffee, Kaffee! Arabica, Robusta, Elfenbeinküste, Filterpapier, Leitungswasser, 0,02 Prozent Domestos.

Aber Florian ließ die Kaffeeduftmoleküle, die in einem Winkel seiner Nasenhöhle ihr Tam-Tam machte, beiseite und konzentrierte seine Aufmerksamkeit auf einen weit schwächeren Geruch – einer graziösen, luftigen Piccoloflöte gleichsam, deren Schwingungen er instinktiv aufzunehmen wußte. Seine Nasenflügel vibrierten mit der Präzision feinster Meßinstrumente. Mit halbgeschlossenen Augen untersuchte er den Duft des Tages. Über den Daumen (oder besser: über die Nase) schätzte er die Beschaffenheit der Luft. Er befand, das Wetter sei schön – Luftdruck um die 1025 Millibar – und relativ trocken: Luftfeuchtigkeit zwischen 60 und

70 Prozent. Ein schöner Frühlingstag kündigte sich an. Florian öffnete gänzlich die Augen. Die Sonne fiel gefiltert durch die Fensterladen ins Zimmer.

Gulliver jedoch vibrierte vor Ungeduld, und sein Kopf bewegte sich in kleinen Stößen, unzufrieden mit diesem ledigen Erwachen.

«Ruhe, mein Alter», murmelte Florian, den runden und heißen Kopf mit den Fingerspitzen streifend, doch ohne sich dabei aufzuhalten (das hob er sich für später auf). «Ruhe! Der Tag fängt an. Du wirst heute dein Fest haben, eher zweimal als einmal, eher dreimal als zweimal! Es warten hübsche Frauen auf uns, überall sind Frauen!»

Die Tatsache, daß jedes zweite Individuum weiblichen Geschlechts ist, verwunderte ihn täglich aufs neue. Was für Aussichten für einen Heißhungrigen! Hunderte, Tausende kleiner Hintern, die nichts anderes forderten, als liebkost zu werden; Myriaden hübscher Beine, die nur auf eines warteten: zu den fröhlichen Kapriolen verrückt gewordener Gullivers zu zappeln.

Wen werde ich heute verführen? fragte sich Florian Nazulis, 33 Jahre alt, geboren in Paris als Sohn eines Klarinettisten und einer sehr mütterlichen Mutter, wohnhaft in der Rue des Saints-Pères 69, Paris, VI. Arrondissement; Größe: 1,74 m; Gewicht: 72 kg; Blutgruppe: A Rh positiv; Haarfarbe: hellbraun; Augen: blau; Nase: ziemlich groß; Familienstand: zweimal geschieden, zwölfmal getrennt, zwanzigmal verlobt; Beruf: Ökologe und Journalist, zuständig für die Rubrik «Weine» der Zeitschrift *Gedichte und Gerichte*; Versicherungsnummer: 1 51 03 75 129 0014 2; Sternzeichen: Skorpion, Aszendent Löwe; besondere Kennzeichen: krank nach Frauen, nimmersatt, wird ihrer nie überdrüssig; psychologische Beurteilung: scheint besorgniserregende Neurose zu entwickeln, nennt sein Geschlechtsteil «Gulliver», spricht mit ihm und hört ihm zu, parapsychotische Entwicklung steht zu befürchten. Unternimmt keine Schritte zur Heilung.

Wen werde ich heute verführen? fragte sich Nazulis. Sehnsüchtig streckte er seine Arme zur Pose eines Speerwerfers aus, die sich durch ein Gähnen verlängerte und im Schrei eines Indianers gipfelte.

Nun war er gänzlich wach. Welche neuen Genüsse, welche Weine, welche kulinarischen Wonnen, welche Musik und vor allem: welche Frauen würden ihn am heutigen Tag erwarten, an diesem Dienstag, dem 24. April 1984, auf diesem 48. Grad nördlicher Breite, der sich mit dem 2. Grad östlicher Länge kreuzt?

2

Aus dem Schatten tauchte ein vollkommen nackter, hell karamellfarbener weiblicher Körper auf und erschien im Raum des Schlafzimmers. Nazulis erkannte sie mit vor Überraschung blinzelnden Augen.

«O Léa!» rief er.

Ein bis auf den kleinen, sonnengebräunten Hintern herabreichender Zopf glatter Haare, die geschmeidige Biegung der Hüften, die schwarzen, in der Dunkelheit leuchtenden Augen, die Rundung der Schultern, die jungen Brüste mit ihren aufgerichteten Spitzen – ja, das war sie: Léa, die Eurasierin. Léa, das war lianenhaftes Schmachten, die Zunge einer Pfeilschwanzkrabbe, eine nonchalante Schwanzlutscherin. Auf ihren feuchten Lippen lag ein seltsames Lächeln. Im Näherkommen öffnete sich ihr Mund noch ein wenig mehr. Ihre kleine rosa Zunge bewegte sich wie eine Schlange hin und her ...

Gulliver sprang auf, wie elektrisiert von Strahlen morgendlichen Feuers.

Massiv drängte sich plötzlich ein anderes Bild auf, stand genau vor der Nase des verblüfften Florian und verdrängte die vorhergehende Vision: Das herrliche Hinterteil der jungen Deutschen, ein echter Arsch einer echten Blonden: rosig, mit strohfarbenen Härchen – wie hieß sie doch? Greta, Hilda, Martha? – Florian suchte in seinem Jägergedächtnis, doch konnte er sich Namen sehr schlecht merken. Eine schöne und ausladende Kruppe, athletisch und belebt von teutonischem

Feuer in der Tradition der Walküren (etymologisch: die, die auf dem Schlachtfeld wählen), großzügige, schimmernde Hinterbacken, in deren Mitte sich die goldene Garbe des haarigen Straußes ausbreitete.

Das war eben jener Typ Hintern, in dem er sich am liebsten mit großen Lendenstößen aalte. Martha (Hilda, Greta, Brigitta?), auf dem Bauch ausgestreckt, spreizte dann ein wenig die Beine und hob die Hinterbacken an, und er pflügte sich einen Weg durch das blonde Dickicht und sein besessener Knüppel drang mit großen Stößen ein. «Mehr, mehr, mehr!» seufzte sie, geschüttelt von gutturalem Schluchzen. «Ach!» und «Noch!» und «Ich» ausstoßend, unterbrochen von «Nein!», das ein «Ja!» war, und von «Ja, ja, ja!», den drei obersten Stufen der großen Leiter, die zum Treppenabsatz des Orgasmus führte, bis sie wimmernd taumelte, in die Matratze biß, wobei sie mit den Zähnen knirschte und ihr Speichel auf das Laken troff.

Tief in ihr drin, auf den Knien, kam er dann wieder zu Atem, hechelnd wie ein Marathonläufer. Nachdem er seine Lungen vollgepumpt hatte, nahm er sie wieder, Gulliver in Raserei, die Hände an die elastische Rundung ihrer Hüften geklammert, mitgerissen von den Trompeten, den Hörnern, den Tuben, den wagnerschen Posaunen in einer endlosen Kavalkade, in einem teutonischen Ritt, der jetzt, decrescendo, auf die gelben und schwarzen Wolken am Horizont zustrebte und schließlich im Schmelztiegel, im Schließfach des Gedächtnisses verschwand.

Alles wurde wieder still und friedlich. Ein Wassertropfen rollte über ein Blatt und fiel auf einen Stein, dann auf einen anderen. In der Morgenhelle tauchte der leuchtende Blick von Béatrice auf, eine Mischung aus Smaragden und Flaschenböden, feuchte grüne Teiche, auf deren Grund eine kleine fragende Flamme brannte. O Béatrice, diese sanfte

Rothaarige, deren milchige Haut mit sonnigen Inseln übersät war – da schwand auch sie dahin und kehrte zurück in ihr Traumland (um die Wahrheit zu sagen, ließ sie Florian Nazulis wegen eines Italieners sitzen, in den sie sich verliebt hatte, einen reichen Nudelexporteur). Nun erschien, exakt in der Vertikalen, der makellose, mit Moschus parfümierte Körper der Negerin, ein heißer schwarzer, muskulöser Teig, den 40 000 Generationen von Sonnen gebacken hatten. Die Negerin mit dem würzigen Geruch hatte Achselhaare wie kräftige Wolle; er liebte es, seine Nase hineinzustecken, es riechend und schmeckend umzugraben und dann hinabzugleiten zu dem Nest aus Roßhaar und es mit der Zungenspitze zu öffnen, um scharlachrote Vöglein aufzustöbern ...

Die Augen voller Bilder stieg Florian aus dem Bett und setzte den Fuß auf die Schwelle jenes Reichs der Möglichkeiten, das sich wie jeden Morgen vor ihm ausbreitete. Ah, wie gut war es zu leben! Und wie groß war seine Begierde!

Er ließ ein zufriedenes Knurren hören und stieß mit Schwung die Fensterladen auf, so daß sie gegen die Mauer schlugen und das ganze Haus erzittern ließen.

Die Augen von der Sonne geblendet, den Gulliver immer noch aufgereckt, grüßte Florian freundschaftlich zu der menschlichen Gestalt hinüber, die, vom Knall der Fensterladen überrascht, im gegenüberliegenden Fensterrahmen erschienen war. Wie ein Kapitän, der den Horizont absucht, legte er die Hand über die Augen und erkannte nach und nach die Umrisse der unbeweglichen Person.

Es war eine Frau.

Vor Erstaunen über den Anblick dieses nackten, muskulösen Mannes mit der Erektion eines Wilden hielt sie die Hand an die Lippen gedrückt.

Die Sonne, die den strammen Hammer im Profil traf, projizierte auf den gelben Zimmerboden einen enormen Schatten in Form einer aufgerichteten Granate, einer zugespitzten Rakete; es gelang ihr nicht, die Augen von dieser diabolischen Vision abzuwenden.

«Guten Morgen, Frau Nachbarin!» rief Nazulis aus.

Sie antwortete nicht.

Runde Augen, ein hübsches Gesicht, umspielt von braunen Locken, die auf den kindlichen Kragen ihres Morgenrocks aus blauem Pikee fielen – ja, wirklich, sie war zauberhaft.

«Guten Morgen, guten Morgen, liebe Nachbarin, deren Namen ich nicht weiß», sang Florian.

«Guten Morgen, mein Herr», brachte sie mit gepreßter Stimme hervor. Errötend und verwirrt drehte sie ihm den Rücken zu und trat zurück.

«Warten Sie!» rief Nazulis. «Gehen Sie nicht weg, Sie sind meine Morgenfee! Das entzückende Antlitz der Morgenröte ... Der Zauber des ... Der Zauber der ... Kurz gesagt, Sie gefallen mir.»

Zögernd sah sie ihn an.

«Kommen Sie und trinken Sie einen Kaffee mit mir», schlug er vor, indem er seinen Morgenrock überzog (nun verschwand Gulliver hinter einem Theatervorhang). «Ah! Was für ein schöner Tag! Waouh! Der Frühling!» rief er aus und vollführte eine große Geste zum blauen Himmel hinauf.

Sie machte eine Bewegung, um das Fenster zu schließen.

«Warten Sie, warten Sie! Kaffee, Tee, Schokolade, Alkohol, Haschisch, Bonbons ... Alles, was Sie möchten, aber kommen Sie!»

Sie biß sich unentschlossen auf die Lippen.

Er atmete tief ein, schüttelte langsam und vollständig besiegt den Kopf, sah ihr tief in die Augen und wiederholte mit ernster Stimme: «Kommen Sie.»

Sie klingelte einmal kurz. Als er ihr öffnen kam, wandte sie sich halb ab, voll Scham vor seinem Stolz.

«Kommen Sie nur», sagte Florian und zog sie leicht am Arm mit sich. «Seien Sie kein Kind. Es ist doch nichts dabei, mit seinem Nachbarn zu frühstücken ... Dies ist meine Hütte. Fühlen Sie sich wie zu Hause. Setzen Sie sich ... Nein, nicht auf den Stuhl, dort sitzen Sie besser. Tee, Kaffee?»

«Tee hätte ich gern, danke.»

Während er sich in der Küche zu schaffen machte, sah sie sich im Zimmer um. Bücher bis zur Decke, Pflanzen, erotische Bilder, Musikinstrumente: Saxophon, südamerikanische Ziehharmonika, Querflöte ... An der Wand ein japanischer Pferdekopf, in Holz gehauen. Auf dem Boden Partituren von Schubert, aufgeschlagene Bücher, eine Socke. In einer Ecke schnitt ein Affe aus Stroh naserümpfend Grimassen. In der anderen Ecke hatte eine Louis-Philippe-Vase exakt die gleiche Farbe wie Nazulis Augen – doch das würde sie erst ein wenig später bemerken. Auf einem Tisch stand eine Flasche 1973er Château Haut-Brion, zu vier Fünfteln geleert.

«Was sind Sie von Beruf?»

Er antwortete ihr von der Küche aus, aber sie verstand nicht, was er sagte.

«Was sagen Sie?» fragte sie zurück.

«Önologe», verkündete er, als er mit einem Tablett zurückkam, das mit dampfendem Tee, Plätzchen und verschiedensten Süßigkeiten beladen war. Er stellte das Tablett auf einem niedrigen Tisch ab. «Und Sie?»

«Klassische Philologie. Latein und Griechisch.»

«Wollen Sie Lehrerin werden?»

«Ja, ich glaube schon.»

Er zog eine Grimasse. «Schule, bah, was für eine traurige Angelegenheit!»

Er setzte sich neben sie auf den kleinen Diwan. Sie hatte ein hübsches, ungeschminktes Gesicht, von schönen blauen Augen belebt und von braunen Locken umrahmt. Ein lebendiges, offenes Gesicht. Die runden, üppigen Lippen hoben sich an jedem Mundwinkel zu einem trotzigen Lächeln. Sie gefiel ihm.

Er sog ihren Geruch ein. Sie roch gut. Gulliver richtete sich auf. So liebte Nazulis die Frauen, in ihrem Naturzustand, ohne Schminke, ohne Bluff. Er beugte sich über ihren Nacken und atmete in kleinen, schnellen Zügen ein. Sie wich zurück, nicht daran gewöhnt, derartig beschnuppert zu werden.

«Was ist los?» fragte sie. «Rieche ich schlecht?»

«Sie riechen gut», murmelte er und lehnte sich noch weiter zu ihr hinüber.

Mit vorgestreckter Nase schnüffelte er aufmerksam an ihrer Schulter entlang und roch an ihrem Haar, wobei er es kaum mit den Lippen berührte. Sie roch nach trockenem Stroh, nach Seeluft, nach Gesundheit. Ein natürlicher Geruch glücklicher Haut. Sie mußte etwa 20 oder 22 Jahre alt sein. Seine Nase schätzte, daß sie problemlos und ganz leicht zum Orgasmus kommen würde, in weniger als einer Viertelstunde. Ihr Kopf und ihr Gemüt funktionierten offensichtlich sehr gut. Ein gesundes Mädchen.

«Rasieren Sie sich die Achselhöhlen?» fragte er plötzlich.

«Warum fragen Sie das?» gab sie unbehaglich zurück.

«Es gibt zwei Sorten Frauen», erklärte er. «Die einen, die sich die Achselhöhlen rasieren und die anderen.»

Sie hielt sich die Nase zu, um ein kleines Lachen zu unterdrücken.

Er ließ sich nicht stören und fuhr fort: «Bei den letzteren gibt es wiederum zwei Sorten ...»

Die Hand am Kinn hörte sie ihm zu und fragte sich, ob er wohl Scherze machte. Aber Nazulis war es völlig ernst.

«Da gibt es die, die sich gehenlassen – auch unbehaart würden sie mich nicht reizen. Mich interessieren die anderen. Bei ihnen ist das Achselhaar Objekt ganz spezieller Körperkultur. Es ist sehr gepflegt, ein wenig mit der Schere beschnitten, doch nicht zu sehr, so daß eine kleine, seidige Insel entsteht, wo die Nase sich beim Lieben besonders gern aufhält.»

Er nahm einen Schluck Tee, setzte die Tasse vorsichtig ab und fuhr fort: «Erinnern Sie sich? Vor einigen Jahren pflegten die Frauen sich die Augenbrauen zu zupfen und ließen über den Augen nur einen winzigen Strich stehen (ein bißchen trostlos waren sie, diese Mondgesichter). Heute geht der Trend zu neuer Sensibilität fürs Haar: man läßt die Brauen wachsen. Manchmal hat die Mode lichte Momente.»

Während er sprach, betrachtete sie seine Hände, die wie Vögel hin- und herflogen.

«Haare unter den Achseln», schloß er, «bedeuten zusätzliche Sinnlichkeit.»

«Ich bin unter den Achseln nicht rasiert», murmelte sie lächelnd.

Gerührt und anerkennend gab er ihr einen Kuß auf die Wange, die so weich und samtig wie ein Pfirsich war, dann füllte er aufs neue die Tassen mit diesem mit Maracuja parfümierten Tee, den er aus London bezog. Er fragte sich, von welcher Farbe ihre Achselhaare sein mochten und welche Form diese Pflanzung wohl hätte, eine kleine runde Insel oder ein langgestreckter Wald, der sich zum Arm hinunterzog? Waren sie lang oder kurz? Hart oder seidig?

«Wie heißen Sie?» fragte er.

«Clémence», antwortete sie.

«Florian Nazulis», verkündete er und gab ihr einen Kuß hinters Ohr.

«Sie sind aber ein ganz Sanfter», gab sie zurück.

Er nahm ihr vorsichtig die Tasse aus den Händen und begann sie zu streicheln, diese langen, vergeistigten Hände, an denen sie keine Ringe trug. Er verlängerte die Liebkosung den Arm hinauf (dessen weicher Flaum ihm besonders gefiel) und erreichte die Rundung ihrer Schulter. Sie war glatt und heiß, doch der Morgenrock hemmte sein Streicheln; er begann ihn aufzuknöpfen.

«Nein, nein!» protestierte sie.

Doch, doch! rief Gulliver stumm.

Er warf sie einfach um. Es gab einen kleinen Kampf. Gulliver frohlockte. Sie lachte. Er begehrte sie. Der halbgeöffnete Morgenrock ließ ihre runden, festen Brüste sehen, deren rosa Warzen hart geworden waren. Er versuchte, das Kleidungsstück weiter aufzuknöpfen, aber Clémence wehrte sich. Er hielt sie an den Fäusten fest, und so gelang es ihm, sie mit dem Rücken auf den Diwan zu zwingen. Dann preßte er sich mit seinem ganzen Gewicht gegen sie, Beine gegen Beine, Bauch gegen Bauch, Möse gegen Gulliver. «Los! Los!» verlangte dieser und schlug mit dem Kopf gegen das Schatzkästchen, dessen seidige Haare und berückende Gerüche er durch den Stoff hindurch wahrnahm.

«Sie sind wirklich ... hitzig», murmelte Clémence.

Florian, über sie gebeugt, war zu sehr erregt, um noch zu lächeln oder zu reden. Er drückte seinen Mund auf ihre runden Lippen, und sehr schnell hielten ihre Zungen Zwiesprache. Bei geschlossenen Augen entschlüpfte ihr ein kleiner lustvoller Klagelaut, eine Art langsamen Singsangs auf einer einzigen Note. Gulliver schlug weiter mit kurzen Prellbock-Stößen gegen ihren Körper, und so zwang er sie nach und nach, sich zu öffnen.

Wie eine Pflugschar grub Gulliver in der weiblichen Furche.

«Ziehen wir uns aus», hauchte Florian.

«Warten Sie», sagte sie.

«Ich kann nicht mehr», insistierte er.

«Warte, warte ...»

Und weiter ging die wiegende Bewegung. Die beiden Körper, ebenso verschmolzen wie durch das Hindernis des Stoffs getrennt, paarten sich in fortgesetztem Reiben. Das singende Murmeln der jungen Frau ging über in ein rauhes Keuchen, das ganz tief in ihrer Kehle entsprang.

«Ccrrrhhh ...»

«Komm, komm», wiederholte er.

«Oh, oh! Oh! Oh!» entfuhr es ihr, überrascht und überflutet vom Orgasmus, der über sie kam wie eine Springflut.

Ihr Körper versteifte sich, sie klammerte sich gewaltsam an die Schultern des Mannes. Mit zurückgeworfenem Kopf und verdrehten Augen ließ sie sich von totalem Genuß überspülen.

Sie hatte sich noch nicht einmal ausgezogen und war schon gekommen! Entspannt und glücklich kam sie wieder zu Atem. Florian war bestürzt.

«Und ich?» rief er aus.

«Ein anderes Mal», sagte sie, «ich muß gehen.»

Sie stand auf, gab dem jungen Mann einen schnellen Kuß auf die Wange, öffnete die Tür und verschwand.

Er blieb eine lange Weile auf dem Bettrand sitzen; nachdenklich und vereinsamt hielt er den Kopf gesenkt. Er verstand gar nichts. Er ging zum Fenster. Die schöne Nachbarin hatte das ihre geschlossen und die Vorhänge zugezogen.

Er legte eine Platte auf den Plattenspieler und ließ das Wasser der Dusche so heiß wie möglich laufen. Unter dem kochendheißen Platzregen färbte sich seine Haut scharlachrot. Unterdessen entfaltete Alfred Brendel mit erlesener Zartheit die *‹Impromptus›* von Schubert. Er drehte den Wasserhahn auf blau, und ein eisiger Schwall überflutete ihn. Auch er wurde blau, und während des gesamten dritten Impromptus in

Ges-Dur empfing er den Schock, der ihm den Atem benahm. Als Brendel mit dem ersten Stück des Opus 142 begann, drehte er den Pfeil wieder auf Rot. Er erstickte fast im Wasserdampf, indessen ließ die Fingerfertigkeit des Pianisten die Verzweiflung des Autors von *‹Der Tod und das Mädchen›* vertraulich und lyrisch wieder aufleben. Das Präludium endete mit einem f-moll-Akkord. Er stellte das Wasser einen Moment lang aus und stieß dann plötzlich den Pfeil auf Blau, während Schubert ruhig damit fortfuhr, seine ganze Melancholie in dieser fremden und unzugänglichen Welt zu erzählen.

Mit scharlachroter Haut stieg er aus der Dusche und zog einen Morgenmantel über. Gulliver war reumütig zu einem lächerlichen Etwas zusammengeschrumpft, dessen einzige Funktion sich scheinbar auf das gelbe und traurige Pißhähnchen reduziert hatte.

Nach der schottischen Dusche war er wieder ganz auf der Höhe, griff zum Telefon und wählte eine Nummer, wobei er aufs Erbärmlichste das *‹Impromptu in f-moll›* pfiff.

Irgendwo in Paris, am anderen Ende der Leitung, meldete sich eine Frau.

«Hallo?» fragte die charmante Stimme.

«Ich bin's», sagte Florian. «Ist dein Mann weg?»

«Ach, guten Tag, Choupette, wie geht es dir?» näselte die Stimme.

Florian begriff.

«Ruf mich wieder an», sagte er, bevor er einhängte.

Ein paar Augenblicke später ließ sich das Klingeln vernehmen, das irgendwo in Paris von einem zarten Finger auf der Telefontastatur ausgelöst worden war.

«Mein kleiner Schatz! Es war unmöglich, ihn loszuwerden, er wollte mich noch mal umlegen. Und dann hatte er eine Akte in der Wohnung verloren ... Er kam einfach nicht los.»

«Sehen wir uns?» fragte Florian.

«O ja!»

«Jetzt?»

«O ja!»

«Ich komme.»

«o ja!»

Als Florian den Fuß vor die Tür setzte, blieb er unbeweglich stehen, als sei er plötzlich gelähmt. Auf der Schwelle des Hauses trat er zögernd von einem Fuß auf den andern, vor Reizüberflutung unfähig, in die Stadt einzutauchen. So verharrte er einen langen Moment unentschlossen.

Ein vorüberfahrender Autobus, der hartnäckig im ersten Gang blieb, ließ die grauen Hausmauern von seinem Getöse widerhallen. Gegenüber, in der dritten Etage, kreischte eine Schleifmaschine gegen den Stein und ließ weißen Staub aufflattern, der wegflog, in geringer Entfernung wieder niederfiel und die Köpfe der Passanten mit einem pudrigen Heiligenschein versah. Von weitem hörte man den Lärm einer Demonstration herannahen, dreimal kurz, zweimal lang, dreimal kurz, zweimal lang, ein Slogan, den Florian nicht verstehen konnte. Es ging um Entlassung, und der Zug wiederholte endlos dieselbe Skandierung, während ein Hubschrauber die ganze Gegend mit seinem Rotorengetöse überschwemmte. In den Nachbarstraßen veranstalteten die von der Demonstration blockierten Autos Hupkonzerte.

Überfallen von den Geräuschen, der Betriebsamkeit und diesem Gewirr verschiedenster Gerüche, die ihn frontal trafen, konnte Florian sich nicht entscheiden. Dicht neben ihm ging eine Frau vorüber, wie ein Windstoß, fast hätte sie ihn berührt, und sie zog ein Kielwasser von Parfum nach sich, Yang-Yang von Miguchi, das brennende Erinnerungen in ihm wachrief. Hingerissen folgte er ihr. Auf ihren Absätzen, die so hoch waren, daß ihr Gang wie eine equilibristische Glanzleistung erschien, ging sie schnell und schlingernd. Sie hatte gutgeformte Beine: schlanke Knöchel und kleine, muskulöse Waden. Die Haare, schwarz und glatt, tanzten im wiegenden Rhythmus ihres Ganges. Die Nase voraus, so ließ Florian sich führen von dieser Mischung aus kupferfarbener Zeder, Pfeffer und Muskat, die er von Emilia, der schönen Turinerin, so gut kannte, aber das lag jetzt weit zurück, das war eine abgeschlossene Geschichte, warum sich also mit diesen schmerzlichen kleinen, frühreifen Trauben aufhalten, die ihn aus ihrer verblaßten Vergangenheit in der Nase kitzelten? Er drehte sich plötzlich halb um, und in dieser Bewegung stieß er eine andere Frau mit der Schulter an. (Er wohnte in einem Luxusviertel: Klamotten, Pelze, Schuhe – die Anzahl hübscher Frauen pro Quadratmeter schlug den Rekord der Hauptstadt insgesamt.) Sie lächelte strahlend, als hätte der junge Mann sie liebkost. Sie hatte schöne blaugraue Augen und trug zinnoberroten Lippenstift, der ein wenig auf die oberen Zähne abgefärbt hatte. Plötzlich schirmte Florian sein Gesicht mit einer instinktiven Geste gegen Sonnenstrahlen ab, die von der Metallschiene eines Scheibenwischers zurückgeworfen wurden und auf die Schaufenster von Ronia Siquiel fielen, jener Modemacherin, die ein Vermögen damit verdient hatte, die Frauen des VI. Arrondissements in wollene Zebras zu verwandeln.

Florian flüchtete sich unter den Vorbau eines Hauses, um wieder zu sich zu kommen. Ruhe, ich beruhige mich ... sagte er zu sich, ich bin ganz entspannt, ich konzentriere mich, ich gehe jetzt los. Er tauchte in die Menge, und mit gesenktem Kopf, die Hände in den Hosentaschen, wandte er sich zur Métro. Beim Überqueren der Rue de Rennes bekam er eine Wolke Diorissimo voll in die Nase. Er drehte sich nach dem Ursprung dieses Dufts um, aber er war schon verschwunden, fortgetragen von einem blonden Kopf. Mit zusammengebissenen Zähnen zwang er sich, nicht von seinem Weg abzubiegen: die glänzenden Nägel der Fahrbahnmarkierung, die Treppe der Métro, der Gang ... Wie ein Windhauch zogen Apple Blossom, Shocking You und ein Männerhemd, das Probleme hatte, an ihm vorüber. Eine Gruppe kreischender Schüler stieß ihn an. Er beugte den Kopf zu einem von ihnen und ließ sich vom glücklichen Geruch des nicht mannbaren Kindes erquicken. Der Betreuer sah ihn feindlich an, aber da die Truppe sich amüsierte, beeilte er sich, sie wieder zu sammeln.

Florian sprang über das Drehkreuz der Métro, eine seiner bevorzugten Gymnastikübungen. Er stieß mit dem Fuß gegen eine leere Bierflasche, was durch den ganzen Gang hallte. Er hob sie auf und warf sie sorgfältig in einen Papierkorb. Etwas weiter entfernt spielte ein großer, schöner Typ auf einer Geige. Zu seinen Füßen stand eine kleine Untertasse mit einigen Geldstücken. Er spielte die letzten Takte eines Stücks aus dem 18. Jahrhundert, leerte die Untertasse in seine Tasche, ließ zwei Ein-Franc-Stücke darauf liegen und stellte sie wieder auf den Boden. Dann schob er sich die Geige unters Kinn und sammelte sich einen Moment, den Blick nach oben gerichtet. Vor ihm gingen die Leute vorbei, sie liefen auf die Métro zu, die da hinten mit dumpfem Grollen in den Bahnhof einlief. Die Hände in den Taschen blieb Florian unentschieden vor dem Typen stehen und wartete. Der andere blinzelte ihm eine Viertelsekunde lang zu und nahm die Partita für eine Geige von Bach, BWV 1001, in Angriff.

Die weltstädtische Horde der Hinundherhastenden hatte sich gelichtet. Jetzt war der Gang still und fast verlassen. Der Solist spielte, wie man in der Salle Gaveau oder im Pleyel spielt. Dieser Typ hatte mindestens zehn Jahre Übung, er hatte die Technik eines Konservatoriumspreis-Gewinners.

Kein Fehler, keine Geschmacklosigkeit, kein Stocken. Die Partita entwickelte sich in dynamischen Gliederungen, in geometrischen Linien: Parallelen, fugenhaften Umwegen, kontrapunktischen Folgen ... Die Leute hatten einen Kreis um den Viruosen gebildet und hörten bewegungslos und gefesselt zu. Die letzten musikalischen Wege der Partita liefen in einen G-Dur-Akkord zusammen und hallten im Gang wider. Die Passanten legten ihre Münzen auf die Untertasse und gingen. Das ist die wirkliche Krise, sagte sich Florian, während er seinen größten Geldschein, dreimal gefaltet und zur Kugel geknüllt, in die Schale legte. Er vermied den Blick des Typen, und wie jedesmal, wenn er Almosen gegeben hatte, flüchtete er schamvoll.

Mireille öffnete die Tür. Sie trug ein malvenfarbenes Négligé, das halb geöffnet war und zwei recht kleine Brüste sehen ließ, die sich nach all den Jahren des Stillens noch sehr gut hielten. Florian hob den Kopf, sie senkte den ihren, und sie knutschten eine Weile. Sie war wirklich eine große Frau, fast 1,80 m, blond, ein wenig vom Alkohol, der Sonne und dem Leben gezeichnet, aber sie war noch schön. Mireille hatte Feuer im Hintern, das war etwas Phänomenales. An allen Orten, zu jeder Stunde (und wahrscheinlich mit jedem, sagte sich Florian mit einer Spur von Bitterkeit).

Während er sich den Mund verschlingen ließ, führte Florian den Zeigefinger der rechten Hand in das glitschige Döschen, betastete die kleine, honigtriefende Kaverne. Mireille stieß das kleine Jaulen der Meerkatzenweibchen aus. Das war ihr Lieblingsspiel: so zu tun, als wären sie Affen. Sie verbrachten lange Augenblicke – wenn ihr Mann und ihre Kinder ihr die Zeit ließen – damit, Meerkatzen, Orang-Utans und andere Menschenaffen darzustellen, sich Grimassen schneidend unterm Arm zu kratzen, kleine Dschungel-Schreie auszustoßen, sich gegenseitig auf den Rücken oder auf den Bauch zu springen, sich zärtlich zu lausen.

«Komm, mein Affe», sagte Mireille.

Florian folgte ihr in den Flur, wobei er automatisch den Zeigefinger an die Nase hob, hier war alles in Ordnung. Mireille war eine gewissenhafte Frau, die mindestens alle zwei Monate zu ihrem Gynäkologen ging (er fragte sich selbst, ob da keine Mogelei dabei war, irgendwelche uneingestandenen Freuden). Das große Bett des ehelichen Schlafzimmers war noch nicht gemacht. Florian zog die Augenbrauen hoch.

«Was gibt es, mein Herz?» fragte Mireille.

«Dieser Tabakgeruch ... Öffne das Fenster, ich bitte dich.»

«Da, mein Affe, schon passiert.»

«Und bring den Aschenbecher weg ... Was ist das bloß für eine Manie, die sie alle an ihren Zigaretten saugen läßt wie bedürftige Säuglinge?»

«Das ist nur heller Tabak, mein Liebling ...»

«Glücklicherweise, sonst wäre es wirklich scheußlich ... Sind die Kinder in der Schule? Alles in Ordnung? Immer schön brav?»

«Ja, mein Liebling. Komm, komm», sagte sie und streckte sich auf dem rosa Laken aus.

«Hör mal ... Mir wäre es lieb, wenn du den Überwurf drauflegtest, wenn dir das nichts ausmacht. Ich spüre noch die Gegenwart deines Mannes.»

«Wie du willst, mein liebes Herz.»

Nachdem sie das Bett wieder hergerichtet hatte, streifte sie ihr Négligé ab und legte sich hin.

«Komm», sagte sie und streckte die Arme nach ihm aus, «komm, mein Affe.»

Florian ließ sich umwerfen, herumrollen, den Rücken kratzen, in die Ohren beißen. Sie fuhr mal eben schnell mit der Zunge über den eingeschlafenen Gulliver.

«Sehen Sie diesen hübschen kleinen Pimmel!» rief sie singend aus. «Dies Pendel, die liebe kleine Puderquaste, meine hübsche Puppe, mein Pimperle, meine kleine Perle ...»

Sie verschlang das zarte Ding und begann eine sanfte Hin-und-her-Bewegung. Vor Entzücken wachte Gulliver auf.

«Ach, sehen Sie doch diesen Galan, den Glockenschwengel, diese Geheimwaffe ... Oh, jetzt ist er aber ein echter Galgenstrick, ein Gangster, ein Gladiator, eine Granate, ein ganz Gieriger, ein gnadenloser Gleiter ...»

«Mmmmm», machte Florian, der anfing, in Wallung zu geraten.

«Ah! Fick mich, fick mich schnell!» schrie Mireille, sprang plötzlich auf alle viere und präsentierte ihm ihr rosiges Hinterteil.

Endlich! rief Gulliver aus und stürzte sich kopfüber in den blonden Wald.

«O ja! O ja! Heftig, mehr!» flehte sie.

Florian stand vor dem Bett, klammerte sich an die Handgriffe der Liebe und ließ sich von der Kavalkade forttragen.

«Ja, ja, ja, ja, ja! Aaaaaahhhh!» schrie Mireille, die ihren Akzent einer Frau von Welt gänzlich verloren hatte.

«Mmmm?» fragte er.

«O ja, o ja! Fick mich heftig ... Mehr! Tief!»

«Han! Han!» machte Nazulis.

«Ja, ja, stoß zu, durchdring mich, grab dich ein, zerreiß mich, tiefer, mehr ...»

«Hon, hon», brummte er.

«Oh ... Ich werde kommen ... ich werde kommen ... ich werde kommen ... ich werde ...»

«Komm, komm», hauchte er mit zusammengebissenen Kinnladen und starren Augen.

«Ich werde, ich werde ... Ah! Ich komme, ich komme, ich komme, oh ... wie ich komme! ...»

Das war kein Bluff. Mireille war eine von jenen Frauen, die auf maßlos großem Fuß leben, auf totalem, zerstörerischem Fuß. Sie sank in sich zusammen, völlig am Ende, tot. Wie ein großer afrikanischer Baum, den man gerade abgehauen hat, war sie auf das Bett gesunken. Sie kamen wieder zu Atem, flogen einen Moment ab in eine kontemplative Welt.

Gulliver, in seiner Ecke, betrachtete seinen Meister. Eine Wanduhr schlug. Ein Lastwagen fuhr vorbei und brachte die Scheiben sacht zum Klirren.

Einige Minuten später besprangen sie sich von neuem, diesmal in der Missionarsposition. «Mein Affe, mein Affe», stammelte sie, die Hände auf ihre Hüften gestützt. Sie hatte ihre großen Beine hochgehoben, damit er besser in sie eindringen konnte. in diesem Moment klingelte das Telefon.

«Ach nein ...» sagte sie niedergeschlagen. «Nicht jetzt!»

«Nimm nicht ab», sagte Nazulis, der fortfuhr, es ihr zu besorgen.

«Das ist vielleicht die Schule ... Ich habe immer Angst, daß den Kindern etwas zustößt ...»

«Mach dir doch keine Sorgen», hauchte er.

Gulliver vibrierte vor Spannung, blies sich errötend noch weiter auf und war kurz davor, schlagartig den Geist aufzugeben.

Es klingelte drängend weiter. Sie nahm ab, immer noch mit ihrem siamesischen Bruder gepaart, der sich weigerte, sich von ihr zu trennen.

«Du bist's?» rief sie. «Es ist mein Mann», flüsterte sie, wobei sie den Hörer zuhielt.

«Sag ihm, daß er uns stört», seufzte er.

Und er machte weiter mit seinem Hin und Her.

«Ja ... ja ... Ich verstehe», sagte sie.

Den Zeigefinger vor dem Mund, so lächelte sie Florian mit verschwörerischer Mimik an. Von neuem hielt sie den Hörer zu. «Er sagt, daß er mich liebt, daß er Lust hat, mit mir zu bumsen ...» flüsterte sie komplicenhaft.

Gestochen wie ein Pferd von einer Sommerfliege begann Nazulis, heftige und stumme Lendenstöße auszuführen.

«Mmmm ... Mmmm ... Ja, mein Liebling ... Ich verstehe.»

Mit einem verschwörerischen Augenzwinkern zu seiner Geliebten, das besagte: Keine Bange, ich verrate dich nicht, ergriff Florian plötzlich den zweiten Hörer. Immer noch in ihr vergraben, Gulliver im siebten Himmel, hörte er die näselnde Stimme des Ehemanns, des Arbeitenden, des guten Vaters, des zukunftsträchtigen Informatikers, der obendrein noch in seine Frau verliebt war – ein idealer Ehemann –, welcher erklärte, wie schwierig es sei, so weit weg zu sein von seinem angebeteten Eichhörnchen ...

«Hörst du mich?» fragte die ehemännliche Stimme.

«Mmmm», antwortete Nazulis mit einem um eine Oktave hochgeschraubten Nasallaut.

Jetzt bewegte Mireille ihren Bauch mit einem lautlosen und diabolischen Lachen und zog ihren Liebhaber mit fort in eine schlingernde Bewegung.

«Verstehst du», fuhr der Mann fort, «die ganze Zeit habe ich Lust auf dich, ich kann nichts dagegen tun ... Sobald ich an deine so langen, so blonden Beine denke ... Bin ich völlig erregt ... Ganz aufgewühlt ... Du verstehst, was ich sagen will? ... Hörst du mich?»

«Mmmm», machte Florian.

«Und mein kleiner, liebster Federwisch, deine kleine Muschi, so sanft, so gastfreundlich ... Oh, was habe ich Lust, nach Hause zu kommen ... Und du, hast du Lust? Sag mir, hast du Lust?»

«Mmm ... Mmm», bejahte Florian.

«Ah! Ich bin ganz bei dir zu Hause ... Ich sehe ihn, deinen

kleinen Pelz, als wäre ich da, ganz nah bei dir ... Ah, ich sehe dich!»

Nazulis blinzelte Mireille an, die auf ihm saß und sich inbrünstige Befriedigung verschaffte.

«... Wenn du mich sehen würdest ... Ich habe einen Stapel Akten auf meinem Schreibtisch, soo hoch, spannende Akten, übrigens, unsere neue Filiale, du weißt?»

«Mmm», antwortete Florian, mitgerissen von diesem Bauch, der ihn verschlang, der sich einzog, sich aufblähte, sich von neuem einzog, ihn einsog.

Gulliver, von Strahlen getroffen, hatte sein Fest.

«... Na schön! Stell dir vor, ich vergesse sie, meine Akten. So stark denke ich an dich! Du bist so nah ... Ich denke an deine Arme, an dein Haar ... Und dann an deinen Mund, an deine Zunge, an deine Zähne ... an ... an ... Mireille, meine Liebe, meine angebetete kleine Frau, ich liebe dich, ich liebe dich!»

«Mmm ... Mmm», wiederholte Florian.

«Aber sag doch was!» flehte die Stimme. Florian hielt seiner Geliebten den Hörer hin.

«Ja, ich verstehe, ich verstehe», sagte sie atemlos.

3

Als der Morgen zu Ende ging, verließ Florian seine Geliebte Nr. 1 (Dienstalter, Treue, traditionelle Werte). Sie mußte das Mittagessen für die Kinder zubereiten, und er hatte seinerseits eine Verabredung mit der schönen Sandra, diesem entzückenden Geschöpf mit dem Honig-Körper, das für verschiedene Zeitungen als Aktmodell arbeitete. Er kannte sie kaum, aber er hatte das Bild ihres jugendlichen Körpers noch gut in Erinnerung, das kürzlich die Titelseite von *Isle of Man* geschmückt hatte. Mit zufriedenem Körper und beschwingtem Geist lief er die Treppe hinab, immer zwei Stufen auf einmal nehmend und mit der Nasenspitze am Ende seines Zeigefingers schnüffelnd, der noch immer Mireilles ganze Würze trug, den frischen Geruch ihrer Lust.

Gewisse Personen, die man gewöhnlich als «angepaßt» bezeichnet, behaupteten, Florian sei ein Sex-Besessener. Dieses Etikett brachte ihn zum Lächeln. «Sie selbst sind die Sex-Besessenen», sagte er sich, «eben jene, die über mich urteilen, sind vom Geschlechter-Kampf besessen, diese Bataillone gegen die Lust, diese Söldner gegen den Sex, die unablässig rufen: Nieder mit der Geschlechtlichkeit!»

Für Florian war die sexuelle Betätigung keine Obsession, sondern ein immer neues, jedesmal verändertes, stets von vorn beginnendes Vergnügen – ebenso wie das Leben.

Beim Vögeln erholte er sich, bekam er neue Lebensfreude. Zwischen Gulliver und ihm herrschte vollkommenes Einvernehmen.

Das war jedoch nicht immer der Fall gewesen. In seiner Jugend hatte Nazulis schwere Probleme an Leib und Seele durchmachen müssen. Man hörte damals nicht auf, ihm den Sinn für die Sünde, den Ekel vor dem Vergnügen, die Abneigung gegen die Begierde einzuschärfen.

Aber seitdem hatte er eine gewisse Entwicklung durchlaufen und die nervenkranken Pfarrer, die unlauteren Erzieher und anderen Existenzvergifter zum Teufel geschickt. Gulliver, der Unbekannte, der Verschrumpelte, der arme kleine, kindliche Wasserhahn, war ihm ein vertrauter Freund, ein unermüdlicher und verläßlicher, stets bereiter Kompagnon geworden.

Florian hatte die etablierten Moralvorschriften verworfen und war scharfsichtig geworden. Er hatte gelernt, auf seinen eigenen Körper zu hören, der auf natürliche Weise gesund und kräftig war. Er wußte die Bedürfnisse dieses Körpers, die sich in einer inneren, lautlosen Sprache äußerten, zu vernehmen und zu verstehen.

Sein Organismus sagte ihm beispielsweise manchmal: «Milch!» Dann lief er los und kaufte eine Flasche frischer Milch. Ein anderes Mal schrie sein Körper: «Frau!» Dann griff er also nach seinem Trenchcoat und rannte so schnell er konnte seine fünf Treppen hinunter, um sich eine zu erjagen.

Hin und wieder artikulierten sich die körperlichen Forderungen klarer: «Blondine!» So blätterte er dann sein Adreßbuch durch, kreuzte die betreffenden Nummern an: Mireille, Florence, Sophie, Laurence, Carine ... und griff zum Telefon. Es kam vor, daß sein Körper ihm eine präzise Forderung übermittelte: «Sehr behaarte Brünette!» Dann streifte er in der Gegend der portugiesischen Kirche in der Rue de la Convention herum. Dort wußte er die jungen Dienstmädchen anzutreffen; sie waren ganz lieb und bärtig und hatten ganz viel Haare an den Beinen.

Diese körperlichen Signale versetzten Florian in einen Zustand jubelnden Wohlbefindens, denn etwas Besseres als Begierde und deren Befriedigung kann einem Mann nicht passieren.

Als Nachwirkung von Exzessen – zuviel Essen, zuviel Wein, erst recht zu viele Frauen – kam es auch vor, daß sich das Bedürfnis, zu pausieren, bemerkbar machte. Dann schonte sich Nazulis bei einer kleinen Diät (Kräutertee oder Gemüsesuppe oder gulliversche Abstinenz) 24 Stunden lang – das war die Zeit, die sein Organismus brauchte, um sich zu erholen.

Sein Körper war nicht nur intelligent, er war auch disponibel. Sobald sich ein neues, außergewöhnliches, unvorhergesehenes Vergnügen bot, wußte er zu folgen und gab sich mit einer alle Glieder durchdringenden Freude hin.

Florian, sein Körper und Gulliver stellten eine unzertrennliche Dreieinigkeit dar.

So hatte er sich vor einigen Tagen, als er auf dem Square du Vert-Galan, an der Spitze der Île de la Cité – dem Herzen von Paris – spazierenging, Nase an Nase mit einem erregenden Geschöpf befunden. Es war früher Nachmittag, ein milder und lichter Tag. Der Park, von den Wassern der Seine umgeben, war zu dieser Stunde fast menschenleer, abgesehen von zwei oder drei Clochards, die sich auf dem Rasen ausgestreckt hatten und ihren Fusel schlürften.

Florian befand sich nicht auf der Jagd. Sein Körper, befriedigt von zwei morgendlichen Kapriolen, war friedlich und dabei, sich auszuruhen. Gulliver schmiegte sich an die Maschen des baumwollenen Känguruhs und verhielt sich ruhig. Sein Meister ließ sich beschaulich und verträumt vom Schauspiel der alten Steine einwiegen, die sich im grauen und gelben Wasser der Seine spiegelten.

Sie saß auf dem Boden, an der Spitze der Insel, gegen das Geländer des Quais gelehnt, und ließ den Blick über den Fluß schweifen. Unter dem Rock, der über die Knie hochgeschürzt war, ließen ihre ein wenig gespreizten Beine das kleine weiße, mit himmelblauer Litze eingefaßte Höschen sehen.

Der Anblick dieses so köstlich schamlosen Schauspiels griff Nazulis ans Herz. Sie hatte den Kopf gehoben und ihm freundschaftlich «Hello!» zugerufen. Er hatte ein ungefähres «Guten Tag» gestammelt, fasziniert von den matt und golden schimmernden Beinen, die, als der Blick an ihnen emporglitt, in ihrer Mitte einen kleinen Schatten kupferfarbenen Flaums sehen ließen, den das Höschen nicht vollständig bedecken konnte. Die Augen starr auf die dargebotene Stelle zwischen ihren Schenkeln gerichtet, so durchlebte Florian eine Minute von paradiesischem Voyeurismus. Er war nicht fähig, einen Ton von sich zu geben. Gulliver hatte sich begeistert angespannt. Sie hatte ihn bemerkt, diesen Buckel, der sich plötzlich unter der hellen Hose aufgerichtet hatte. Die Zeit war stehengeblieben. Nur die Vögel schienen noch ihr normales Leben zu führen. Wie er mit trockenen Lippen und unbeweglich dastand, schien Florian versteinert zu sein, den alten Steinen der Umgebung ähnlich, die so viele Schlachten, Revolutionen, rollende Köpfe, gestürzte Regierungen gesehen hatten ...

Sie fuhr sich langsam mit der Zunge über die Lippen und sah ihn von unten herauf an, diesen Mann, der schweigend vor ihr stand und sie mit seinen blauen Augen anstarrte.

Gott der Götter! sagte Florian zu sich.

Sie bewegte die Beine.

Oh, nein! flehte er innerlich. Bewegen Sie sich nicht, ich will sehen, bleiben Sie ...

Aber das war keine schließende Bewegung gewesen. Sie

hatte die Schenkel nur noch weiter geöffnet und fuhr fort, ihn lächelnd anzusehen. Er mißfiel ihr offensichtlich nicht, dieser Mann mit dem feurigen Blick und dem kämpferisch zerzausten Haar. Sie hatte das rechte Bein abgespreizt und den Absatz desselben Beines unter ihren Hintern geschoben. Durch das Spreizen hatte sich das Höschen zur Seite gezogen und ließ nun noch mehr sehen. In dem goldfarbenen Gestrüpp suchte er, tiefer noch, die geheime Öffnung zu erspähen, aber der Pelz war zu dicht.

Noch immer stand er stumm und wandte den Blick nicht von ihr ab. Sein Lächeln war ihm heruntergerutscht, ein gewisser Ernst lag in seinen Augen. Sie befeuchtete wieder ihre Lippen, und ihre Hand glitt langsam ihren Schenkel entlang auf das Höschen zu.

Gott der Götter, wiederholte Florian fasziniert.

Mit dem Mittelfinger war sie unter die blaue Grenze der Litze geschlüpft, und mit halb geöffnetem Mund, in dem ein wenig Speichel glänzte, sah sie ihn noch immer an.

Zweifellos war sie Amerikanerin. Die bunten Turnschuhe, das karierte Sporthemd, die Gesichtszüge waren nicht die einer Französin. Sie mochte achtzehn Jahre alt sein, vielleicht neunzehn. Ihre grünen Augen richteten sich stumm und fragend auf den jungen Mann, während ihr Finger langsam und regelmäßig kleine Kreise beschrieb. Man hörte das leise Geplätscher des Wassers, das an den Steinen des Quais sang, und in größerer Entfernung das Geräuschegewirr der Stadt. Sie waren allein, mitten im Herzen von Paris, am Ende dieses Parks, von dem aus man den Pont des Arts sah und, weiter weg, den Louvre.

Sie hatte ihm ein Zeichen mit der Hand gemacht.

Er war ganz nah an sie herangerückt.

«Das ist hübsch, das da!» hatte sie mit starkem New Yorker Akzent ausgerufen.

Sie hatte ihre Hand auf Gulliver gelegt und fuhr dabei weiter fort, sich zu streicheln.

«Sehr sehr gut, mmmm?» hatte sie gefragt.

Dann, immer noch mit der linken Hand, hatte sie einen nach dem andern die Knöpfe seines Hosenlatzes aufgeknöpft und den geröteten, heißen Gulliver hervorgeholt. Sie hatte den Kopf gesenkt, den Mund geöffnet, und mit einemmal fühlte Florian sich von einer lauwarmen Zunge eingehüllt, die sich daran gemacht hatte, in regelmäßiger Bewegung hin und her zu gleiten. Die fest um den jubelnden Gulliver geschlossenen Lippen, die in einer natürlichen Gleitbewegung gespannte, über die ganze Länge der dreigestirnten Extremität streichende Zunge hatten Nazulis wahnsinnige Empfindungen bereitet. Er hatte den Kopf des jungen Mädchens mit seinen beiden Händen umfaßt. Ihr Haar war weich. Die Amerikanerin war eine Expertin in der schwierigen Kunst der Fellatio. Bald spürte er, wie die Flut des Orgasmus stieg und auf dem Grund seiner selbst ein nicht zu unterdrückendes Brodeln aufwallte.

«Mmmmm! ...» murmelte er, schloß die Augen und fühlte die Explosion kommen.

«*Wait!*» rief sie und ließ ihn plötzlich los.

Während sie ihn auf Distanz hielt, begann sie, ihr eigenes Streicheln zu beschleunigen, um ebenfalls den Endpunkt des Genusses zu erreichen, den sie bei ihm kommen sah.

Frustriert von diesem brüsken Verlassen-Werden streckte Florian seinen Gulliver an ihren fleischigen und feuchten Mund, um sie zu zwingen, ihn von neuem zu empfangen.

«*Wait!*» rief sie und entfernte sich noch weiter vom elektrisierten Gulliver.

Auf fast grimmige Weise konzentrierte sie sich, ihre vibrierende Hand ließ sich zu beschleunigtem Zucken hinreißen, und sie kam zu der so begehrten Schwelle. Sie begann eine

Art Seufzer auszustoßen, dann warf sie den Kopf zurück und kam – und es war so stark, daß sie den Mann vergaß, der ganz nah neben ihr war und sich kaum noch zurückhalten konnte.

Sie kam wieder zu Atem und lächelte Florian strahlend an.

«*T'was wonderful*», sagte sie.

Florian drückte die Hände an die Schläfen der Amerikanerin und zog ihr Gesicht zu dem angespannten Gulliver hin. Sie machte sich daran, seinen Kopf mit kleinen, schnellen Zungenstößen zu lecken, dann ergriff sie mit beiden Händen die beiden Arschbacken des Mannes und ließ sich oral von ihm penetrieren. Mit ausgedehntem Kopf in diesen sanften Mund getaucht verlor sich Gulliver in einem jubelnden Wirbelsturm aus sieben aufeinanderfolgenden Pulsstößen in Intervallen von acht Zehntelsekunden.

An einem anderen Tag saß Florian in der gestirnten Nacht eines Kinos auf den Champs-Élysées und sah sich zum viertenmal ‹*Barry Lindon*› an. Auch diesmal fehlte ihm nichts: die vorausgegangene Nacht und der Morgen waren reich an Umarmungen und verschiedenen Spielen gewesen. In seinem Bett waren zwei Frauen einander gefolgt, die Brünette vom Abend und die Blondine vom Morgen, und zu allem Überfluß hatte er sich einen kleinen Mittagsschlaf bei Mireille gegönnt, voller Bewegung und voll von würzigem Geruch.

Körper und Geist waren befriedet, und so hatte er sich das Meisterwerk Stanley Kubricks noch einmal ansehen wollen. Während er auf den Beginn des Films wartete, war er, um seinen Platz in der Mitte der Reihe einzunehmen, über ein halbes Dutzend mehr oder weniger knochiger Knie hinweggestiegen und hatte sich bei seiner Platznachbarin entschuldigt, ihren Fuß berührt zu haben.

«Oh, verzeihen Sie ... Es tut mir leid.»

«Ich bitte Sie», hatte sie in eisigem Ton geantwortet.

Es war eine Frau mit ernstem, schönem Gesicht, ihr Haar trug sie zu einer Frisur gestrafft, die nicht zum Scherzen einlud. Er hatte sich bequem hingelümmelt, die Knie gegen den Vordersitz gedrückt, den Nacken auf seiner Sessellehne. Die Lichter waren ausgegangen und der Film hatte begonnen. Als kriegerisch und weihevoll die berühmte *‹Sarabande›* von Händel ertönte, hatte er den Druck eines anderen Armes an seinem Arm verspürt. Er hatte dem keine Aufmerksamkeit geschenkt, da er aufs neue von der Szene gefesselt war, in der Barry seine Cousine verführt. Der Druck hatte zugenommen. Er hatte ein heißes, sinnliches Zeichen wahrgenommen. Er hatte es beantwortet, indem er seinen Arm leicht in Richtung der Nachbarin schob. Er liebte diese etwas verwirrten Situationen, in denen das Begehren von der Dunkelheit und dem Inkognito profitiert.

Die weibliche Hand begann, sanft seinen Arm entlangzukriechen und legte sich schließlich auf seine Finger, wo sie einen Moment lang ruhig liegen blieb. Barry Lindon machte gerade seine Ausbildung zum Soldaten durch. Die benachbarte Hand ergriff Florians Hand und führte sie zu einem heißen und zitternden Schenkel. Die *‹Cavatina›* von Giovanni Paisiello untermalte die nachlässige Dekadenz der gepuderten, über die Spieltische gebeugten Gesichter. Nazulis liebte diese Musik. Entzückt und ohne die Augen von den Kämpfen des 18. Jahrhunderts zu wenden, machte er sich daran, den Reißverschluß zu öffnen – sie trug eine Hose. Seine Finger schlichen sich hinein und erreichten das warme Nest, das er mit Zeige- und Mittelfinger vorsichtig öffnete. Sie war triefnaß. Im Rhythmus der Trommeln der British Grenadiers rieb er sie. Als die englische Kanonade nach Kräften Feuer gab, spürte er, wie sie kam. Der Kopf der Frau war währenddessen aufrecht und gleichmütig geblieben.

Jetzt kam die Duellszene, und Händels Trommeln ertönten

in großen, finsteren Schlägen. Einen nach dem andern knöpfte sie die Knöpfe seines Hosenlatzes auf, und mit der linken Hand streichelte sie ihn, bis es ihm kam. Sie ging in ihrem Feingefühl soweit, ihn mit ihrem Taschentuch abzutrocknen. Dann setzte sie sich, immer noch aufrecht, in ihrem Sitz zurecht, ihrem Nachbarn gegenüber gleichgültig. Sie ging während des Nachspanns, würdevoll und anonym.

Ja, alle drei: Florian, sein Körper und sein tapferer Gulliver befanden sich in gutem Einvernehmen, wenn es darum ging, ein Fest zu feiern, die verlorene Zeit wieder einzuholen und sich am Tod zu revanchieren. Sie würden das Paradies mit Sicherheit nicht in einer anderen Welt finden, das wußte Florian sehr wohl, er hatte Zeit gehabt, nachzudenken, zu lesen, die Welt zu sehen, eine Wahl zu treffen. Die Glücksmomente galt es in dieser Welt zu fassen, in der Gegenwart, schnell, bevor sie entwischten.

Egal ob im Kino, ob auf der Straße, im Jardin du Vert-Galan, in der Stadt, inmitten der Weinberge des Bordelais, auf den griechischen Inseln – Nazulis hatte die richtige Nase für die Paradiese.

Es gibt Menschen, die immer knapp daran vorbeigehen, wie zufällig, wie absichtlich. Er jedoch lag immer gerade richtig.

Ein junges Mädchen entfloh ihrer Familie auf der Suche nach der Freiheit ... und am Ausgang der Gare Montparnasse traf sie auf ihn. Und diese entzückende Ehefrau, die am Sonntagmorgen ihrem mürrischen Mann die Tür vor der Nase zuschlägt, wem begegnet sie wohl am Fuß ihres Wohnblocks? Und an jenem Tag im Februar auf der Buckelpiste des «Plan des Solaise» im Val-d'Isère, was meinen Sie, wer mit seinen beiden Brettern zu Füßen unseres Helden bruchlandet? Die schönste, die aufregendste, die üppigste italienische Schauspielerin, die gerade an diesem Tag allein ist, ohne ihren Macho (er dreht in Cinecittà). Sie ist allein, sie läuft schlecht Ski, sie hat grünblaue Augen und den Hintern im Schnee. Florian glaubt weder an Gott noch an das Schicksal, aber er hat Vertrauen: die Götter sind mit ihm. Oh, was für ein wunderbarer und vorsichtiger Abstieg auf dem Eis bis hinunter zur Liftstation, ihre kleine Hand fest in der seinen, die sie führt; oh, diese grünen Augen, dieser kleine Körper, der sich hingibt, sich spannt, sich windet... Lauter Erinnerungen für meine alten Tage! sagte sich Florian. Für meine Enkelkinder: Ja, mein Kleiner, sie war der Topstar in Italien, sie hatte vielleicht Augen! Ach ja, mein Kleiner, das Leben ist gut zu mir gewesen! Ich habe viel geliebt, viel gerochen, viel geschmeckt und oft gebumst. Wir liebten uns, das Leben und ich.

Florian Nazulis war immer bereit für Begegnungen, für das Unvorhergesehene, für die Feste.

Er war ein echter Lebemann.

Nazulis und Sandra waren sich auf einer Cocktailparty anläßlich der 1000. Ausgabe von *Gedichte und Gerichte* begegnet. Ihren Körper kannte er gut, vom Kopf bis zu den Füßen, und auch die reizvollsten Umwege: die hübschen, apfelförmigen Arschbacken, die runden Hüften, die kleinen jugendlichen Brüste. Ihre Anatomie hatte keine Geheimnisse aufzuweisen, weder für ihn noch für die Leser von *Isle of Man*, die daran gewöhnt waren, das Kindfrau-Mannequin in allen Stellungen vor sämtlichen Horizonten in ihrem Monatsblatt wiederzufinden. Und dann gab es da dieses berühmte Titelbild, das bei den konservativen Bürgern einen kleinen Skandal ausgelöst hatte. Die Hauptstadt war mit großen farbigen Plakaten bepflastert gewesen, die das üppige Titelfoto wiedergaben, das alle Köpfe verdreht hatte. Niemals hatte ein so provozierendes Bild die Mauern von Paris geschmückt, niemals hatte die Frau sich mit derartiger Schamlosigkeit zur Schau gestellt. Das hatte Fälle von Gelbsucht bei der Heilsarmee ausgelöst. Das war Sandra.

Auf der Cocktailparty hatte Nazulis sie sofort wiedererkannt. Er hatte seine Ellbogen gebraucht, um zu ihr durchzudringen, hatte sie dem trübsinnigen Geschwätz des Direktors entrissen – zur großen Erleichterung des Mädchens – und sie in eine ruhigere Ecke geschleppt, wobei er eine Flasche Champagner unterm linken Arm trug, die er flugs vom Tablett eines versteinerten Obers entwendet hatte. Sie hatte ein halbes Dutzend bis zum Rand gefüllter Kelche leergeschlürft, und er war eine neue Flasche Canard Duchesne holen gegangen. Er hatte ihr etwas ins Ohr geflüstert, und sie war in ein nicht enden wollendes, frenetisches Lachen ausgebrochen. Die Gäste hatten sich umgedreht, überrascht von diesem explosiven Ton, der die halblaut gemurmelten Gespräche über ernsthafte Themen über den Haufen warf. «Die Krise ... Ja ... Glauben Sie, er wird seine Anteile verkaufen? ... Keine Chance, gewählt zu werden ... Nein, ein neuer Verwaltungsrat ... Ja, siebeneinhalb Prozent ...» Sandra konnte nicht aufhören zu lachen, es war besorgniserregend. Florian kannte ein wirksames Mittel, um sie zu beruhigen. Er hatte sie an sich gezogen und begonnen, mit ihr zu flirten. Sie hatte es schnurrend mit sich geschehen lassen. Unglücklicherweise hatten sie abbrechen müssen, denn Sandras ständiger Begleiter war gekommen, sie abzuholen. Im Weggehen hatte sie Nazulis zwischen einem Schluckauf und dem Ende des irren Lachens ins Ohr flüstern können: «Holen Sie mich Mittwoch im Studio von *Isle of Man* ab. Wir gehen dann mittagessen.»

Es war ein geräumiges, modernes Studio, das die ganze obere Etage eines Hauses auf den Champs-Élysées einnahm. An der Decke waren große Strahler angebracht, die eine Plattform mit grellem Licht überfluteten, auf der sich drei Strohhütten, zwei Palmen und Sand befanden. Eine riesige Leinwand, die ein azurblaues Meer darstellte, bildete den Hintergrund der Dekoration.

Auf dem Sand bot die völlig nackte Sandra mit ausgebreiteten Armen und geöffneten Schenkeln dem Objektiv der über ihr schwebenden Nikon die Intimität ihres Körpers dar. Der Motor ratterte, während er Aufnahme für Aufnahme auslöste. «Das ist gut, meine Kleine», sagte der Fotograf, «heb die Augen, höher ...» Tschackacklick. «Sehr gut, dreh den Kopf, ein bißchen ... nein, nach rechts, ja, so ...» Tschackacklick, tschackacklick ... «Heb die Knie an, spreiz die Schenkel noch mehr, spreiz, ja, spreiz doch, mein Gott! ...» Tschackacklick. «Leg die Hand so hin, als wolltest du masturbieren ... Nein, nur ein Finger ... Sei natürlich ...» Tschackacklick ... «Nein, das glaubt doch keiner, hol dir wirklich einen runter, los, los ... Ja, das ist es ...» Tschackacklick, tschackacklick, tschackacklick ... «Jetzt dreh dich und spreiz die Arschbacken ... weit spreizen, weiter, ich will alle Löcher sehen ... Ja, das ist gut ...» Tschackacklick, tschackacklick ...

Auf allen vieren und mit hochgerecktem Hintern erkannte Sandra trotz des gleißenden Lichts der Spots Nazulis' Umrisse, die sich im Schatten abzeichneten. Sie blinzelte ihm zu. Er machte ihr ein kleines Zeichen mit der Hand.

«Was für ein Beruf!» sagte sie zu ihm, als sie endlich wieder angezogen war, und drückte ihm einen schnellen Kuß auf die Lippen.

«Was für ein Scheiß-Beruf ... Wo essen wir? Hast du Hunger? Gefalle ich dir? Komm, gehen wir.»

Im Aufzug küßte sie ihn wirklich, ernstlich, mit Zunge und allem. Florian war zufrieden. Seine Hand war unter den Stoff ihres geblümten Kleides geglitten. Sie trug keinen BH.

Ihre Brust war klein und fest. Gulliver begann sich zu rühren, aber da war der Aufzug angekommen, und sie mußten aussteigen.

Sie aßen in einem ruhigen Winkel des *Plougastel* zu Mittag. Am Nachbartisch saß ein Paar mit starkem südfranzösischem Akzent. Er, ein biederer Fünfzigjähriger, leicht dickbäuchig, ähnelte Raimu. Er trug einen hellgrauen Anzug, den eine prächtige rot-weiße und offensichtlich ganz neue Krawatte aufheiterte. Sie war hohlwangig, ihr Blick war umflort von den Wolken der Menopause, und sie hörte nicht auf zu wiederholen:

«Paß auf, ein Fleck! Du wirst dir noch einen Fleck auf deine schöne Krawatte machen, das wär wirklich zu schade ...»

Er aß schweigend weiter.

«Paß auf, ein Fleck», wiederholte sie, sobald der Ober einen Gang brachte.

«Aber nicht doch, aber nicht doch, ich mache schon keinen», protestierte er.

«Du wirst einen machen, ich fühle es ... Gib acht, am Ende wirst du mir noch einen machen ...»

Kurze Zeit später beugte sich der erschöpfte Mann mit dem Kopf über den Teller, ergriff die Krawatte und tauchte sie ganz in die Sauce.

«Da hast du ihn, deinen Fleck, du hattest recht», sagte er mit kalter, ruhiger Stimme und beherrschter Wut, «da hast du ihn: ich habe ihn gemacht, deinen Fleck!»

Als Vorspeise bestellten Florian und Sandra Austern und einen Pouilly Ladoucette. Sie waren hungrig.

Einen Moment später baten sie um weitere zwei Dutzend Belon-Austern und noch eine Flasche Ladoucette. Hin und wieder berührten sie sich liebkosend mit den Fingerspitzen.

Sie waren gut aufgelegt, da sie wußten, daß sie miteinander schlafen würden. Dieses Vorspiel entzückte sie.

«Wie alt bist du?» fragte Sandra.

«Dreiunddreißig.»

«Waouh! Du bist alt ...»

«Bah ...» sagte er nachdenklich.

Ein Ober kam, um die Bestellung aufzunehmen. Rindskotelett und Côtes de Beaune.

«Und du», fragte Florian, «wie alt bist du?»

«Zwanzig. Glatte zwanzig.»

«Du wirkst viel jünger», sagte er. «Ich dachte, du seist sechzehn.»

«Das sagen mir alle. Manchmal profitiere ich davon. Ich spiele das Nymphchen. Manchmal sage ich, ich sei vierzehn. Dann kriegen sie Bammel wegen des Gesetzes. Anderen gegenüber gebe ich sechzehn oder achtzehn an. Denen, die ich gern mag, sage ich die Wahrheit: zwanzig.»

«Was wünschst du dir am meisten auf der Welt?» wollte Florian wissen.

Sie dachte eine Sekunde lang nach.

«Ein Rindskotelett», verkündete sie.

«Nein, ohne Spaß, sag's mir. Was wünschst du dir vor allem?»

«Deinen Schwanz.»

«Komm, sei ernst, sag's mir, ich möchte es wirklich gern wissen.»

Sie griff nach der Flasche dieses Pouilly mit dem so frischen, so aromatischen Geschmack nach verbranntem Stein und füllte ihre beiden Gläser.

«Daß alles weitergeht», sagte sie und beschrieb mit der Hand einen Kreis um sich herum. «So lange wie möglich.»

Über ihr bewegte sich nicht mehr die Nikon, sondern ein hochroter und munterer Gulliver, der außer sich vor Vergnügen seinen rosigen Kopf bewegte und im Gleitflug an dem jugendlichen, elastischen, etwas drallen Körper mit seinen geheimen Gerüchen entlangfuhr.

Mit geöffneten Armen und Beinen auf Florians riesigem Bett ausgestreckt wie auf einem Strand, so gab sich Sandra, die ein wenig betrunken war, ohne Zurückhaltung hin, und schnurrend und satt ließ sie sich penetrieren. Während er sie liebte, schlief Florian plötzlich auf ihr ein und fing an zu schnarchen. Auch sie schlief ein. So schrumpfte dann Gulliver in sich zusammen, um ebenfalls einen kleinen Schlummer zu halten, schön warm an die brünette Büchse gekuschelt, die unter seinem Kopf ein kleines Rattenschwänzchen bildete.

Verblüfft und glücklich erwachten sie alle nach einem zweistündigen Fall in das endlose Loch des Schlafs. Und wieder begannen sie ein kleines Fest. Sandras bewegliche kleine Zunge spielte mit Gulliver. Florian machte sich ebenfalls daran, mit seiner Zunge und seinen Lippen an dem winzigkleinen Gulliverinchen zu spielen, an dieser lieblichen kleinen Kirsche, diesem Mikrokosmos voller Wunder.

Sandras Haut war gebräunt wie im Sommer.

«Was machst du, daß du so braun bist?» fragte Florian, indem er sich mit dem Handrücken den Lustsaft des Mädchens abwischte, der von seinem Kinn troff.

«Eine Reportage für *Isle of Man* auf den Antillen. Der Fotograf war schön, aber komplett impotent. Wenn man ihn mühsam in Gang gebracht hatte, kriegte er gerade für zwei Sekunden einen hoch. Das heißt, ‹hoch› ist nicht ganz das richtige Wort: trotz all meiner Anstrengungen ist es ihm nie gelungen, über die Horizontale hinauszukommen, nur für einen Moment, dann ... vlooouuuf! und nichts mehr. Er hat es nie hingekriegt, mit dem dafür bestimmten Körperteil in mich einzudringen. Diesen Mangel kompensierte er mit sanften, recht wirkungsvollen Zärtlichkeiten ... Aber in der Liebe ersetzt doch nichts das eigentliche Organ.»

«Machst du oft diese Art von Reportagen, so weit weg?»

«Oft, ja. Bei *Isle of Man* schätzt man meinen Arsch. Sie haben mich auf die Seychellen geschickt, auf die Bahamas, auf die Jungferninseln, nach Indien, auf die Philippinen ...»

«Immer derselbe Fotograf?»

«O nein, glücklicherweise nicht. Da waren noch Helmut, Roberto, Peter ...»

«Schläfst du immer mit den Fotografen?»

«Fast immer. Ich liebe die Männer. Ich liebe die Liebe. Ich will mir keine Entbehrungen auferlegen.»

Den Blick zur Zimmerdecke gerichtet, den Kopf in die Hände gestützt, so träumte Nazulis von entfernten Inseln.

«Ich mag dich», sagte er. «Du bist wirklich ...»

Er suchte nach dem treffenden Wort.

«Wirklich was?» fragte sie und hockte sich auf Gullivers Kopf.

«Wirklich ...»

Er fand den passenden Ausdruck nicht. Sie begann, sich auf dem gefräßigen Schaft hin und her zu bewegen, den sie in ihrem Innern anwachsen fühlte.

«Ein wirklich gesundes Mädchen», sagte er.

Als Sandra zur Fortsetzung ihres Fototermins auf die Kokospalmeninsel des Studios auf den Champs-Élysées zurückgekehrt war, setzte sich Nazulis an seinen Schreibtisch und begann zu schreiben.

Er arbeitete seit einigen Monaten an einer großen Abhandlung über den Arsch, einem vollkommen seriösen und dokumentarischen Werk. Seine These ließ sich folgendermaßen zusammenfassen: Der Charakter einer Frau – das ist ihr Arsch. Und umgekehrt.

Der junge Forscher zeigte auf, wie man den Charakter einer Frau an der Form ihres Arschs erkennen kann. Und umgekehrt, welche Form des weiblichen Hinterteils diesem oder jenem Charakter entspricht.

Nazulis hatte eine sehr vollständige morphologische Typologie erstellt. Große Ärsche, platte Ärsche, apfelförmig, in Form von Öltropfen, knochig, speckig, reithosenförmig usw. «Der Arsch ist kulturbedingt», schrieb er in seiner arscho-psychologischen Abhandlung, «das heißt er ist nicht endgültig ausgeformt. Wie alle menschlichen Organe verändert sich der Hintern je nach dem Gebrauch, den man von ihm macht. Läßt man ihn in Ruhe, ohne erotische Aktivitäten, erschlafft er, das Fleisch wird wabbelig, die Muskeln werden schwach, er senkt sich, er verkümmert.»

«Die frömmsten Weiber haben die dicksten Hintern.» Es gefiel ihm, das Sprichwort abzuwandeln.

«Andererseits verbessern libidinöse Aktivität, die Liebesgymnastik, den Arsch, geben ihm Spannkraft und Form. Eine Form, die sich mit der Zeit entwickelt, ebenso wie ein Gesicht sich entwickelt ...»

Nazulis gab Beispiele, die ein jeder beobachten kann, sobald er die Augen aufmacht. «Es gibt traurige Hintern und fröhliche Ballons. Schelmische Popos und stumpfsinnige Kehrseiten. Es gibt hochgereckte Knallkörper, muskulöse, willige und solche mit feurigem Charakter. Aber dann gibt es leider auch die schmächtigen, ja sogar kränklichen Abhänge molliger Hüften.»

In der Métro amüsierte sich Nazulis oft damit, die kleinen oder großen Ärsche zu beobachten. Er analysierte ihre Konturen. Er bestimmte ihre Kategorie. Und schließlich leitete er daraus den Charakter der Eigentümerin ab. Hin und wieder machte er sich Notizen. Manchmal wagte er eine vorsichtige Annäherung, den Ansatz eines Gesprächs. Oft wurde er abgeschmettert, aber es geschah auch, daß das Mädchen ihm in ein Bistro folgte; dann nahmen sie einen Drink, und der junge Theoretiker verglich insgeheim seine Notizen mit der psychologischen Realität des Geplauders. In den besten Fällen nahm er das arschtragende Exemplar zu genauerer Beobachtung mit nach Hause. Wenn er wirklich großes Glück hatte, erlaubte ihm das Mädchen nicht nur, daß er sie nahm, sondern darüber hinaus auch ihre Maße in Zentimetern festhielt, um sein Werk zu bereichern.

Nazulis war davon überzeugt, daß man ihm für seine gesammelten Werke über den Arsch eines Tages den Nobelpreis zuerkennen würde.

Die Theorie war noch nicht ganz ausgereift. Natürlich gab es Ausnahmen. Klasse-Frauen mit ausgezehrter Kruppe oder ebenso gut debile Weibchen mit glänzenden, hochgereckten, umwerfenden Monden. Wie alle Ausnahmen bestätigten auch diese die Regel: jeder Frau ist ihr Charakter in den Arsch eingeschrieben.

Nach zwei oder drei Stunden der Arbeit stieg Florian in seinen Keller hinunter und holte eine Flasche 69er Nuits-Saint-Georges herauf, ließ sie Zimmertemperatur annehmen, und dann überprüfte er sein Material für den kommenden Tag.

Er legte ein neues Tonband auf das Uher-Gerät, kontrollierte die Batterien und nahm die Wanze aus ihrem Etui. Groß wie eine Aspirin-Tablette haftete sie an jeder glatten Wand. Er machte einen Soundcheck, wobei er die Kapsel am Fensterladen eines Außenfensters anbrachte. Alles funktionierte bestens. Er verstaute Wanze und Tonband sorgfältig in einer Tasche und schenkte sich ein wenig Burgunder ein, ließ ihn im Glas kreisen und betrachtete die schöne dunkle Farbe des Weins.

Er hob das Glas an die Nase, und bei geschlossenen Augen

atmete er in kleinen Zügen ein. 69 war eine entschieden außergewöhnliche Zahl, ein Wunder-Jahr für den Burgunder (nach dem 68er Desaster im Weinbau), außerdem war es seine Hausnummer, in der Rue des Saints-Pères, und schließlich und endlich bezeichnete diese aus verschlungenen Windungen gebildete Zahl die charmanten Kapriolen in der Liebe, diese andere Form des Genusses, die er so liebend gern praktizierte.

Der Côtes-de-Nuits besaß ein so starkes Bukett, daß Florian ein Ausruf wollüstiger Überraschung entschlüpfte, so als entdecke er bei der Annäherung an eine Frau die ganze Schönheit ihres nackten Körpers. Das Mädchen, das zur gleichen Zeit wie dieser Wein geboren wurde, ist jetzt fünfzehn Jahre alt, sagte er sich mit träumerischen Augen und ließ die ersten Tropfen des Premier Cru namens Clos des Forêts auf seine Zunge rieseln. Es war ein kräftiger Wein, ziemlich würzig für einen Burgunder, sehr süffig und gehaltvoll. Florian schnalzte mit der Zunge und füllte sein Glas zur Hälfte. Er hielt die blauviolette Flüssigkeit an die Lampe, betrachtete sie und stellte sich das Mädchen vor, das die Zwillingsschwester dieses Weins war. Sie muß einen kräftigen Körper haben, feste Hüften, einen muskulösen Arsch, einen geraden und sanften Blick, runde Brüste ... Sie ist so jung, man hat ihr die verabscheuenswerte Manie des *clean*-Seins noch nicht beigebracht: rasierte Achseln und Deo hier und an der Möse ... Sie ist rein geblieben. Sie hat den guten Geruch eines jungen Mädchens, das in der Luft der Bourgogne aufgewachsen ist. All ihr Haar ist schwarz und glatt ...

Er trank einen Schluck und träumte weiter von dem Mädchen, während er den erlesenen Wein auf seiner Zunge gluckern ließ.

Das Telefon klingelte. Er unterbrach das ungelegene Schellen, indem er den Stecker rauszog. Er hatte keine Lust, angerufen zu werden. Er wünschte sich allein zu sein. Das höchste Glück, sagte er sich, ist, seine einsamen Augenblicke wählen zu können, statt von ihnen gewählt zu werden.

Er griff wieder zum Glas, ließ die Flüssigkeit vor dem Licht tanzen und betrachtete weiter mit zusammengekniffenen Augen, wie sich das Licht im Burgunder brach. Wieder trank er und ließ seine Zunge vom Wein umspülen. Auf seinen Plattenteller legte er die Sonate in A-Dur von Schubert, interpretiert von Alfred Cortot, eine alte, von Nebengeräuschen knisternde Aufnahme, aber was für eine Interpretation!

Armer Schubert! sagte sich Nazulis. Um dahin zu kommen, derartige Sätze zu komponieren – musikalische Momente von solcher Intensität, gemacht aus einfachen Noten, die wie Bleitropfen ins Herz fallen –, was hat er alles erleiden müssen im Leben! Wie sehr muß er die Frauen geliebt haben, dieser arme alte Junge, schüchtern und schieläugig, wie er war! Er hegte eine solche Verehrung für den alten Löwen, daß er es nicht gewagt hätte, ihn mehr als einmal aufzusuchen, außer sich vor Respekt, er, der kleine Franz, von dem einige einfache Lieder das Gebrüll des Meisters übertönen.

Beethoven, das alte Zootier mit vor Elend stumpfem Pelz, der taub gewordene König der Tiere, ist hinter Gittern eingeschlossen, und durch sie hindurch reicht er der gesamten Menschheit seine großen Pranken.

Schubert, ein Zugvogel, der von der Ferne singt, erzählt von der glücklichen und friedvollen Welt einer vergangenen Existenz, über deren Unauffindbarkeit in diesem Leben er untröstlich ist ...

Nazulis ließ sich ein Bad einlaufen, warf eine Handvoll Y. D.-Salze (aus London) hinein, und mit dem Glas in der Hand glitt er wollüstig ins heiße Wasser. Die Musik war verklungen. Die Stille wurde nur vom leisen Geplätscher des Wassers unterbrochen.

Nach einer Weile begann er, mit unzufriedenem Schnüffeln die Nase zu rümpfen.

«Das geht nicht, das geht nicht», murmelte er wuterfüllt.

Wassertriefend stand er auf und brachte den kostbaren Burgunder ins Nebenzimmer.

«Was für eine Fehleinschätzung, welch eine Dummheit!» brummte er.

Er tauchte ins Wasser ein, mitten in die Düfte des Youth Dew.

«Was habe ich für eine Dummheit gemacht! *‹Halb-Amber-blumige›* Badesalze zu einem Nuits-Saint-Georges ... Was bin ich für ein Dummkopf, was für ein Idiot!»

4

Es war acht Uhr morgens, als Gulliver seinen Meister weckte. Er hatte sich so athletisch aufgebläht, daß er Nazulis fast weh tat.

«He, jetzt drehst du aber ernstlich durch!» rief Florian aus, und fröhlich und temperamentvoll stimmte Gulliver ihm bedingungslos zu.

Nazulis kratzte sich am Kopf und begann, noch einmal sein Material zu überprüfen: die Batterien, die Wanze, das Tonbandgerät, das Kabel, die Stecker ... Es war alles bereit.

Er ging zum Fenster und stieß die Laden auf.

Da war sie, mit den Ellbogen auf das Balkongeländer gestützt, in ihrem blauen Morgenrock, ein Lächeln auf den Lippen.

«Ho, ho», meinte der Önologe mit schläfriger Stimme, «wir sind Frühaufsteher, was?»

«Tee?» schlug sie vor.

«Kommen Sie», sagte er.

«Lassen Sie mich nur machen», kündigte sie im Hereinkommen an, «ich finde mich schon zurecht.»

«Ah, sehr gut», sagte Florian. «Der Tee steht im ...»

«Ich werde ihn schon finden, keine Bange.»

Sie kam mit dem Tablett. Florian hatte einen Morgenrock übergezogen. Gulliver hatte sich ein wenig entspannt. Sie setzte das Tablett ab und kniete ohne Umstände zu Füßen des jungen Mannes nieder, öffnete das Kleidungsstück und nahm das schlaffe Tier in den Mund.

«He ... Aber! ...» rief Florian überrascht aus.

Sie liebkoste ihn mit der Zunge und den Lippen.

«Ist das gut?» fragte sie.

«Allerdings ...» sagte Florian.

Als Gulliver sich wieder zu voller Größe aufgerichtet hatte und mit kleinen Stößen seines Kopfes zu fordern begann, streckte sie sich auf dem Bett aus.

«Zieh dich aus», befahl Nazulis.

«Nein. Warte. Küß mich, komm ...»

Ihr Atem duftete nach Pfefferminz. Sie hatte sich gerade die Zähne geputzt, mit einer amerikanischen Zahnpasta mit Kaugummigeschmack, wahrscheinlich war es Crest. Die schnellen Bewegungen ihrer Zunge umschlangen die andere Zunge weich und heiß. Hin und wieder saugte sie diese mit der ganzen Kraft ihres Mundes an, dann wieder drang ihre Zunge mit hervorschnellender Energie in seine Mundhöhle ein.

Ja und? Ja und? rief Gulliver aus und schlug mit dem Kopf gegen die immer noch vom schützenden Höschen bedeckte Möse.

«Zieh dich aus ... Ich werde dich ausziehen», forderte er.

«Nein ... Warte, drück dich an mich, ich liebe es, dich ganz hart an meinem Bauch zu spüren.»

Sie hob und senkte ihr Becken, schlingernd wie ein Schiff auf hoher See, regelmäßig, von oben nach unten, von unten nach oben ... Er spürte, wie sie sich mit mariner Feuchtigkeit anfüllte ... Aber dieser verdammte Morgenrock, dieses überflüssige Höschen! ... Er versuchte es herunterzureißen. Sie spannte sich an, sie wehrte sich, der Atem ging ihr schnell.

«Halt mich fest», wiederholte sie, «reib dich an mir.»

Er ließ seinen Gulliver an ihrem dargebotenen und geschützten Bauch hin und her gleiten, stärker und immer stärker. Er, Gulliver, war soweit, den Geist aufzugeben, und zwar sofort. Keuchend klammerte sie sich an die Hüften des Mannes und preßte ihn mit aller Kraft an sich. Sie wird schon wieder ohne mich kommen, sagte sich Florian. Noch einmal machte er eine Anstrengung, ihr das Höschen herunterzureißen, er zog an dem Gummi, bis es zerriß. Aber mit angespanntem Kinn widerstand sie ihm. Es war ebensosehr ein Kampf wie eine Liebesumarmung.

Sie führte die letzten Stöße mit dem Unterleib gegen ihn aus, und mit einem kleinen, plätschernden Geräusch, das einer seltsamen Zone entsprang, ganz tief in der Gegend ihres Kehlkopfs, kippte sie in den Orgasmus. Nazulis sah zu, wie sie wieder zu Atem kam. Sie war weit weg und ganz nah, bot sich dar und verweigerte sich.

«Mein Gott, war das gut», sagte sie lächelnd.

«Und ich?» fragte er.

Zwischen Daumen und Zeigefinger versuchte sie, ein Haar zu fangen, das auf ihrer Zunge klebte.

«Und ich?» wiederholte er.

Es war ihr gelungen, das Haar zu erwischen, und mit einer kleinen Handbewegung schnippte sie es weg.

«Machst du das immer so?» fragte er.

«Wie ‹so›?» wollte sie wissen.

«Auf Schweizer Art.»

Lächelnd schüttelte sie den Kopf. Ihre Locken tanzten und verbreiteten ihren guten Geruch um sie herum. Es war der unvergleichliche Duft von Haut, die ihr Vergnügen gehabt hat. Gulliver litt Schmerzen.

«Ich nehme nicht die Pille», sagte sie.

«Ah», gab er bestürzt von sich.

Er stand auf und wollte mit seinem vor unbefriedigter Spannung steifen Gulliver eine rote und blaue Dusche nehmen.

«Komm wieder», sagte sie.

Fragend drehte er sich um.

«Leg dich hin», sagte sie und klopfte sacht mit der flachen Hand aufs Bett.

Er gab sich hin.

Ihre Zunge glitt vierzigmal hin und her, von Gullivers Spitze bis an die Grenze der Eier. Erst langsam und vorsichtig.

«Oh la la», begann Florian zu stöhnen.

Ihre Zunge wurde heftiger, schneller.

«Oh, oh! Ouuuhhh ... Das ist zuviel!» wimmerte er.

Am Ende der 40. Reise nahm Clémence ihn ganz in ihren heißen Mund und wartete.

«Ich kann nicht mehr», keuchte Florian.

Sie bewegte sich nicht mehr.

«O nein ... Hör zu, hör zu ... Wooouuuu ...»

Sie spürte, wie er sich ausdehnte, wie er noch härter wurde, aber sie bewegte sich immer noch nicht.

«AAAOUH!» röhrte er, verrückt vor Verlangen.

Sie machte ihre Wangen hohl, nahm ihn auf bis auf den Grund ihres Mundes und ließ den weißglühenden Gulliver in einer letzten Reise hin und her gleiten.

Er verging in der Tiefe ihrer Kehle in einer kleinen weißen Flut, die sich in neun regelmäßig pulsierenden Ergüssen ausbreitete. Zwei Sekunden nach dem letzten Spritzer atmete Nazulis mit geschlossenen Augen tief ein, füllte seine Lungen bis an die Spitzen. Dann überließ er sich lange dem Genuß, mit tiefen, wollüstigen Seufzern der Befriedigung.

«Es wäre vielleicht nicht schlecht, wenn du die Pille nehmen würdest», sagte er.

«Ich bumse nicht so oft», erwiderte sie.

«Das macht jetzt schon zweimal in zwei Tagen.»

«Meine Gewohnheit ist das nicht.»

«Ich möchte in deinen Armen kommen, Bauch an Bauch, tief in dir drin», sagte er.

«Im nächsten Mondzyklus werde ich die Pille nehmen, für dich», versprach sie.

«Du bist eine gute Nachbarin», sagte er und küßte sie.

Sie streckte sich. Ihr zur Hälfte geöffneter Morgenrock ließ eine runde Brust erscheinen und ebenso den geliebten Achselschatten, nach dem der Önologe / Schnüffler so verrückt war. So, mit einem gestohlenen Blick besehen, schien das Haar lang und von dunkelbeiger Farbe zu sein.

«Ich möchte es dir auch mal mit dem Mund machen», sagte Florian.

«Ich will nicht, daß du hinterher über mich herfällst», gab sie zurück.

«Versprochen», sagte er.

«Ich bin gegen Abtreibungen», fügte sie hinzu.

«Ich werde nicht über dich herfallen.»

«Selbst dann nicht, wenn ich Lust darauf habe? Selbst dann nicht, wenn ich dich darum bitte?»

«Versprochen. Ich bin dagegen, zufällig Kinder zu machen, in der Art des russischen Rouletts.»

Sie zog sich aus, und endlich konnte er sie nackt sehen. Er entdeckte einen glatten, matt schimmernden Körper voller entzückender Rundungen. Da war kein Gramm Fett zuviel, aber ihre Glieder hatten eine weich umhüllte Form bewahrt. Ihre knospenden, hochgereckten Brüste trugen zwei harte braune Zitzen. Unter jedem Arm ein rundes reichliches Gestrüpp, eine kleine wilde Insel, die jeden Robinson mit Bewunderung erfüllt hätte. Unter einem großen, flachen Bauch ein Delta feiner Vegetation, dem er seine Nase näherte, naschhaft und speicheltriefend wie eine Katze, die vor Liebe schnurrt und sabbert.

Er hieß sie sich mit gespreizten Beinen hinlegen und schob

ihr ein Kissen unter den Hintern. Das Delta wurde zum Vorgebirge. So angehoben, öffnete sich das braune Vlies zu einer rosafarbenen, triefenden Spalte. Aus ihrer Mittelachse, gerade über dem Loch, war eine lauwarme Flüssigkeit herausgesickert und hatte auf dem Bettüberwurf eine kleine Lache gebildet. Den Mund feucht vor Verlangen schnupperte er an der Öffnung. Eine Meeresfrucht, möchte man meinen, sagte er zu sich selbst, sie ähneln alle den Schalentieren: Muscheln, Krebse, Venusmuscheln, Jakobsmuscheln ... Das riecht gut, das gefällt mir ... Die Frauen sind magische marine Leckerbissen ... Er begann mit der Zungenspitze sacht ihre kleine Knospe zu lecken, die auftauchte und wieder verschwand, ungreifbar, aber sehr wohl wirklich.

«Ein bißchen tiefer», hauchte Clémence.

Er hatte seine Hände unter die Hinterbacken der Nachbarin gekeilt und führte mit der Zunge regelmäßige präzise Liebkosungen aus. In leidenschaftlichen Atemzügen rang sie durch die Nase immer heftiger nach Luft.

«Da?» fragte er. «Ist es da?»

«Ja. Mach weiter. O ja! Genau so. Hör nicht auf.»

Er liebte es, auf diese Weise Lust zu geben. Ergriffen und voll gerührter Ungeduld erwartete er den großen Taumel. Eine Frau kommen zu sehen war für ihn eine reine Freude, es war die schönste Illustration des «Liebe deinen Nächsten!», dieses Gebots, das die Kirche so sehr sinnentfremdet hatte. In diesem Moment liebte er seinen Nächsten – seine Nachbarin – mit allem Altruismus, dessen er fähig war. Alles in dieser Liebkosung war für sie, nicht für ihn. In diesem Augenblick dachte er nur an ihren Genuß, der stetig wuchs und seinem Gipfel immer näher kam. Den Mund in der Trunkenheit des Liebeskusses auf den anderen Mund gedrückt, hörte er in ihr die ersten Beben grollen, die das große Beben ankündigten.

«Ja», seufzte sie, «mach weiter.»

In dieser Minute durfte man den Druck, den Rhythmus, die Stelle der Liebkosung in keiner Weise verändern. Es war der paradoxe Moment, wo der kleine Knopf sich in der Tiefe versteckte, als wolle er den bevorstehenden höchsten Genuß vermeiden. Die nächste Berührung würde die Explosion bringen. Was für ein erstaunlicher Widerspruch der Natur: die Knospe wandte den Kopf ab und schien auf die größte Lust zu verzichten. Nazulis, der die Frauen kannte und liebte, wußte, daß es in diesem Moment darauf ankam, den Knopf nicht loszulassen und ihm bis in sein Versteck zu folgen.

«O ja! O ja!» flehte Clémence.

Plötzlich blieb sie regungslos und mit aufgeblähtem Bauch liegen, gelähmt vom Übermaß der Lust, die sie überflutete.

Florian spürte die regelmäßigen Wellenbewegungen auf seiner Zunge. Von Leidenschaft gepackt, war er versucht, an ihr hinaufzugleiten, sie in seine Arme zu ziehen und seinen lieben Gulliver in ihre triefende Öffnung einzutauchen. Sie hob ja sogar die Beine, um ihn zu empfangen. Er hatte Lust, sich in rasendem Liebeswahn mit ihr zu vermischen. Aber er hatte sein Versprechen nicht vergessen. So begnügte er sich damit, seine Zunge so tief er konnte in das dargebotene Gefäß zu stoßen.

Auch Nazulis war ein entschlossener Gegner der Abtreibung als Verhütungsmethode.

«Mußt du zur Arbeit gehen?» fragte die hübsche Nachbarin etwas später.

Sie lagen beide ausgestreckt auf dem großen Bett, nackt und still, sexuell befriedigt und wie gute Freunde. Sie waren nicht ineinander verliebt. Die Situation war klar. Die große

Liebe, die sie vorhin erfüllt hatte, diesen großen Schwall menschlicher Wärme hätten sie unter denselben Umständen für gleich welchen Mann und welche Frau empfunden. Ihr Zauber hatte auf ihn, sein Zauber auf sie gewirkt. Clémence und Florian hatten sich nicht gewählt. Sie waren sich zufällig begegnet. Sie hatten sich, einer am anderen, erhitzt. Nichts weiter. Keine Pläne, keine Zukunft zu zweit, keine Geigen. Sie mochten sich, das war alles. (Oh, Elend ohne Ende, sagte sich Florian manchmal, diese Mädchen, die sich dir nach dem Koitus an den Hals hängen und nicht wieder loslassen ...)

«Nein», antwortete Nazulis. «Ich muß nicht zur Arbeit *gehen*. Ich arbeite, wann ich will, unregelmäßig, stoßweise. Jeden Morgen freue ich mich von neuem über mein Glück: Keinen Terminkalender, keinen Chef, keine Routine.»

Clémence beugte sich aus dem Bett und fingerte nach ihrem Kleidungsstück, das auf dem Boden lag. Sie durchwühlte die Taschen.

«Was suchst du?» fragte er.

«Zigaretten», antwortete sie.

«O nein! Das nicht! Ich bitte dich. Alles, bloß das nicht.»

«Bist du gegen Tabak allergisch?» wollte sie wissen.

«In gewisser Weise ja.»

Nazulis hatte es nicht nötig zu rauchen. Dazu war er nicht verängstigt genug. Er verspürte nicht das Bedürfnis, sich mit tabakhaltiger, illusorischer Atmosphäre vollzupumpen, und außerdem hätte das seinen Geruchssinn beeinträchtigt. Er war glücklich darüber, auf der Jagd nach subtilen Gerüchen außerhalb des Tabakvorhangs zu leben. Da er sich vor diesem an jeder Straßenecke frei zum Verkauf stehenden Gift hütete, blieb seinen Papillen eine bemerkenswerte Sensibilität erhalten. «Was machst du denn so als Önologe?» fragte Clémence, während sie mit der Spitze ihres Zeigefingers mit dem eingeschlafenen Gulliver spielte.

«Ich fahre in den wichtigsten Weingegenden herum: Burgund, Bordelais, Loiretal, Rhônetal usw. Eine gewisse Anzahl heuriger oder älterer Jahrgänge bietet sich durch ihre Qualität an. Ich treffe eine Auswahl, die den französischen und ausländischen Einkäufern übermittelt wird. Meine Funktion ist die des ‹zwischengeschalteten Kosters› – zwischen den Weinherstellern und den Käufern.»

«Wirst du gut bezahlt?»

«Anständig, aber ich habe keinen gesicherten Arbeitsplatz. Von einem Tag auf den andern kann ich arbeitslos werden. Glücklicherweise habe ich eine Nebenbeschäftigung, die auch nicht uninteressant ist: ich schreibe jeden Monat eine Weinchronik für *Gedichte und Gerichte*, eine Zeitschrift über Essen, Wein, Freizeit usw. Dieser allmonatliche Artikel zwingt mich dazu, meine anerkennenden Urteile sowie meine Kritik an den Weinen aufzuschreiben – sonst würde ich sie nicht formulieren. Das ist eine gute Übung. Nichts ist schwieriger, als einen Wein einzuschätzen. Man muß ‹Korrespondierendes› finden, wie Baudelaire, dieser meisterliche Poet und Genießer, sagte.»

Clémence hörte ihm zu, und dabei amüsierte sie sich damit, Locken in Gullivers Vlies zu drehen.

«Bist du verheiratet?» fragte sie blind drauflos.

Florian sah sie aus den Augenwinkeln an.

«Warum fragst du das?»

«Ich weiß nicht ... Ich kenne dich kaum. Ich versuche, herauszufinden, was für eine Art Mann du bist. Du brauchst nicht zu antworten, wenn du keine Lust dazu hast.»

Sie versuchte kleine Zöpfe zu flechten, aber dazu waren die Haare nicht lang genug. Sie drückte einen Kuß auf Gullivers malvenfarbenen Kopf, doch der ging nicht darauf ein.

«Die Ehe bedeutet das Ende des Paares», dozierte Nazulis.

«Ah», sagte sie, halb überzeugt.

«Sie ist der Tod des Paares, die Institutionalisierung der Liebe. Sie ist die soziale Katalogisierung, die Unterdrückung des Abenteuers. Sie ist der Anfang vom Ende.»

«Es gibt allerdings auch gelungene Ehen», gab das junge Mädchen zu bedenken, das einen Kamm genommen hatte und sorgsam Gullivers kleinen Mantel entwirrte.

«Wie viele? In welchem Verhältnis?» fragte er.

«Ich ... ich weiß nicht.»

«Eine auf zehn. Aber es geht noch weiter: Der Rest beginnt nach den ersten sechs Monaten voller Illusionen schwer an seiner Mittelmäßigkeit, an seinen Kompromissen, seinem Schein zu tragen.»

«Du bist sehr streng.»

«Die Ehe ist der größte soziale Schwindel unserer Tage.»

«Aber trotzdem ...»

«Sie ist eine Idiotenmühle, eine Falle, ein Fuchseisen.»

«Warst du verheiratet?» fragte sie.

«Zweimal», antwortete er. «Und jedesmal zwei Jahre lang. Sobald die Dinge eine schlechte Wendung nahmen, haben wir uns getrennt, ‹meine Frau› – wie man so sagt – und ich. Die große Illusion (sich selbst gegenüber) und Unaufrichtigkeit (der Gesellschaft gegenüber) besteht in der Versicherung: ‹Ich werde dich immer lieben›. Es gibt kein ‹immer›. Das ist ein Köder. Man liebt nur zu einer Zeit. So ist der Mensch nun mal gemacht. Er entwickelt sich. Jeder verändert sich auf seine Weise, in seine Richtung. Es kommt der Tag, an dem die gegenseitige Ergänzung zweier Wesen nicht mehr existiert. An diesem Tag muß man sich trennen, und zwar schnell, sonst wird es noch schlimmer, und das Paar erreicht die letzte Etappe: den Haß.»

«Aber die Kinder?»

«Ach! Die Kinder! Das ist das große Argument, das dir die Verteidiger der Ehe immer wieder an den Kopf werfen.»

Clémence spielte weiter mit Florians blondem Vlies.

«Nur noch ein Wort», fuhr er fort, «und dann höre ich auf mit meiner Rede – Wir haben Besseres zu tun, als zu diskutieren – Au! du tust mir weh ... Was wollte ich sagen?»

«Die Kinder.»

«Ja, die Kinder. Das ist sehr wichtig. Es macht mich krank, wenn ich sehe, wie sie aufwachsen. Das ist's, was ich sagen will. Eltern, die getrennt glücklich sind, sind für die Kinder mehr wert als ein Elternpaar, das sich nicht mehr versteht.»

Clémence hatte Nazulis' Pelz losgelassen und dachte nach.

«Nichts ist schlimmer für die Kleinen», redete der Önologe weiter, «als inmitten der Langeweile oder des Hasses ihrer Eltern leben zu müssen.»

«Das ist sicher so», stimmte sie zu.

«Ich könnte dir noch eine Menge Dinge erzählen, um dich gegen die Ehe aufzubringen, aber ich spiele nicht gern den moralisierenden Onkel; immerhin sind die Leute frei, zu machen, was sie wollen, und seien es die größten Dummheiten.»

«Für mich kommt es gar nicht in Frage zu heiraten», versicherte sie.

«Das weiß man nie. Eines Tages packt es einen einfach, wie eine Krankheit. Man will alles noch mal von vorn beginnen. Die Augen auf den Horizont gerichtet, steckt man sich den Ring an den Finger. Und dann: klack! Die bleierne Klappe fällt. Keine Möglichkeit mehr, es rückgängig zu machen. Man ist eingesperrt! Man ist verheiratet!» Mit beiden Armen beschrieb Florian eine große Geste. «Die Ehe, ach! Was für eine Illusion! Was für eine Falle! Was für eine entsetzliche Institution!»

Die Kirche Saint-Honoro-d'Elée, Place Victor-Hugo, war das schicke und noble geistige Zentrum des XVI. Arrondissements von Paris.

Die Berufung in diese Pfarrgemeinde bedeutete für einen Priester einen Aufstieg in der religiösen Hierarchie. Der gute Mann in Schwarz (oder in Anzug und Krawatte) bekam endlich Zugang zu einem aus Tradition konservativ denkenden Viertel. Er beeilte sich, die guten Manieren seiner Umgebung anzunehmen und strengte sich an, sich deren Art des schönen Sprechens anzugewöhnen, diese salbungsvollen Worte voller Eleganz.

Die kleinen Priester von Saint-Honoro wurden – im Jargon ihrer Schäflein – bald «sehr mustergültig», Muster des «guten Tons», und gaben Unterricht in «guter Kinderstube».

In Saint-Honoro badete alles in heiligem Öl.

Florian parkte seinen Wagen vor dem Seitenportal in der Rue Mesnil, und einen Moment lang betrachtete er versonnen das Hauptportal, das gerade von einer Gruppe von Nonnen durchschritten wurde, die nach Kernseife rochen. Sie vertrieben einen friedlichen Spaniel, der auf den Stufen döste, und einen Schwarm Tauben, der sich in die blaue Luft erhob.

In den gelblichen Stein des Gewölbes war eine Inschrift eingelegt, die im Laufe der Jahre grau geworden war. Nazulis entzifferte sie:

D. O. M. SVB INVOCATIONE SANCTI
HONORATI EPISCOPI.

Er schnalzte leise mit den Lippen. Ein bißchen leer, diese Formel, dachte er. Dabei hat es in der christlichen Geschichte weiß Gott schöne Sätze gegeben ... Über den lateinischen Wörtern schien eine Rosette mit ihrem riesigen, kuhhaften Auge die Place Victor-Hugo zu überwachen. Über der Rosette schwebte eine traurige Pendeluhr. Über dieser eine bronzene Glocke und schließlich wurde das Ganze von einem steinernen Kreuz gekrönt. Das also war der Eingang von Saint-Honoro-d'Elée.

Florian begab sich in den Vorbau. Als er die Kirchentür aufstieß, besann er sich eines anderen. Er zögerte eine Sekunde, wandte sich um und lief in das nahe gelegene Geschäft Lavasin.

Er wußte, daß dort die besten Pralinen von ganz Paris zu finden waren.

Das Leben ist gut zu mir, sagte er sich, während er eine Mischung der leckersten Pralinen auf ein kleines Tablett häufte.

Mit den Taschen voller Leckereien betrat er die Kirche.

In den stillen Gängen spazierten die Frömmlerinnen mit kleinen Schritten, wie von einem Windstoß wurden sie manchmal von einer Soutane (oder einem Anzug mit Krawatte) überholt, die mit schnellen Schritten und auf leisen Sohlen an ihr Amt eilte.

Eine kleine, bärtige Alte näherte sich murmelnd einem schmiedeeisernen Kerzenständer, auf dem geweihte Kerzen verschiedener Größen brannten (zu 2 Francs, 5 Francs und 10 Francs). Unruhig blickte sie um sich, nach rechts, nach links und noch mal nach rechts, noch mal nach links und hinter sich. Sie näherte sich der hölzernen Kasse, ließ ein kleines Geldstück hineingleiten und richtete sich wieder auf, um ein letztes Mal vor, hinter und neben sich zu überprüfen, ob sie auch niemand beobachtete. Mit einer schnellen Handbewegung nahm sie die größte Weihkerze heraus und steckte sie auf ihren Halter. 30 Tage Ablaß. Ah, sie hatte gewonnen ...

Florian nahm die Wanze aus ihrer Hülle und betrat den verlassenen Beichtstuhl. An dessen Tür verkündete ein Plakat:

In dem dunklen Holzkasten konnte man sich nur kniend aufhalten. Er tastete die Wände und Ecken der Kabine ab. Er nahm die Wanze zwischen Daumen und Zeigefinger der rechten Hand, legte den Klebestreifen frei und brachte sie oben rechts an. An dieser Stelle mußte sie wohl alles empfangen, was geflüstert wurde.

Plötzlich öffnete sich mit kurzem Stoß das kleine Verbindungsfenster.

Florian hatte den Priester nicht kommen hören. Er zeichnete sich jetzt im Dunkel hinter dem Gitter ab, wo er mit leiser Stimme seine Worte murmelte. Der junge Mann konnte nicht unterscheiden, ob es französische oder lateinische Worte waren.

Nazulis zögerte, unentschlossen und bereit, sich aus dem Staub zu machen. Die Stimme des Priesters ertönte plötzlich ganz klar.

«Nun, mein Sohn?» sagte der Mann Gottes.

«Nun, Monsieur le Curé», wiederholte Florian und wußte nicht, was er sagen sollte.

Ich werde doch wohl nicht beichten, dachte er. Gott ist seit einer Ewigkeit tot, und die Kirche, die Infame, hat mir mit ihrer Weinerlichkeit und ihren Lügen meine Jugend schon genügend verdorben ...

«Ja ... nun, mein Sohn?»

Durch das Gitter hindurch roch der Priester nach Alter, verhärtetem Sperma, ungewaschener Soutane. Sein Atem war beladen von Verstopfung und Tabak. Florian nahm es diesem armen Kerl nicht persönlich übel.

Er beschloß zu gehen und machte Anstalten, aufzustehen, aber dann überlegte er es sich doch anders. Er näherte sich dem Gitter und flüsterte:

«Ich habe gestern fünfmal masturbiert – nein, sechsmal – vor dem Bild der heiligen Jungfrau Maria. Ich fand sie erregend, verstehen Sie. Zum einen ist eine Jungfrau wirklich begehrenswert, und dann, ihr kleiner blauer Schleier ... Ich stellte mir vor, sie hebe ihn hoch, an ihren Beinen entlang, ihren schönen, nackten, südländischen Beinen, sie lasse ihr kleines Höschen sehen, aus durchsichtigem Papyrus, wie man sie damals herstellte ... Das ist erregend, ja, wirklich ...»

Stille. Nazulis, der Gotteslästerer, hörte den Atem des Priesters. Nicht ihm nahm er etwas übel, sondern seiner Scheiß-Doktrin, die ihm die schönsten Jahre vergiftet hatte. Sie haben mir genügend Schaden zugefügt, daß ich mich ein bißchen rächen kann, sagte er sich.

Das Schweigen dauerte an, schien unendlich.

«Hm», machte der Priester.

«Was? Haben Sie was gesagt?»

«Ich höre, mein Sohn.»

«Letzte Woche habe ich meine Frau mit Arsen vergiftet. Sie war krank. Fieber. Grippe. Sie war sehr häßlich geworden. ‹Ich werde dir einen Kräutertee machen›, habe ich zu ihr gesagt. Sie hat die ganze Tasse ausgetrunken und mich dabei mit leuchtenden Augen voller Dankbarkeit angesehen. ‹Du hast gerade eine Tasse Arsen getrunken›, habe ich ruhig zu ihr gesagt. Sie hat angefangen zu lachen und gedacht, ich mache Scherze. Ich habe ihr eine Ohrfeige gegeben und bin zu den Nutten gegangen. Ich habe mir Zeit gelassen. Als ich zurückkam, war sie tot.»

Der Priester wandte sein Gesicht zum Gitter. «Glauben Sie nicht, mein Sohn, daß Sie ein bißchen hinzudichten?»

«Ganz und gar nicht. Überhaupt nicht. Es gibt Schlimmeres. Stellen Sie sich vor, vor drei Tagen habe ich einen Raubüberfall organisiert ...»

«Warum macht es Ihnen Spaß, mir all das zu erzählen?»

fragte der Mann, während er sorgsam sein Meßgewand ordnete.

«Sie sind doch dazu da, den Leuten die Beichte abzunehmen, oder nicht? Und meine Buße? Sie haben mir keine Buße auferlegt!»

«Zur Buße werden Sie wiederkommen und Ihre tatsächlichen Sünden gestehen ...»

«Ich glaube nicht an die Sünde!» schrie Florian wütend. «Was ihr Sünde nennt ist eine teuflische Erfindung von Moralpredigern, Polizisten und Leuten Ihrer Art, sie ist dazu bestimmt, das Individuum in ein Schaf zu verwandeln und die Gesellschaft in eine Herde – zum größten Vorteil der Herren, denen ihr immer gedient habt. Säbel, Weihwedel und Klingelbeutel: da haben Sie die heilige Dreifaltigkeit. Mit euren Ideen von der ‹Sünde› habt ihr mir die besten Jahre meiner Jugend verdorben. Ihr habt meine Kindheit verwüstet und fahrt fort, die Kinder der neuen Generation kaputtzumachen, und auch einige Erwachsene, die naiv genug sind, sich von euren klebrigen oder drohenden Reden, euren Frömmeleien einfangen zu lassen. Ihr seid doch alle gleich: kleingläubige Illusionisten – denn ihr glaubt euch selber nicht ...»

Aber der Priester hatte den Kasten verlassen und wandte sich mit gebeugtem Rücken der Sakristei zu.

Nazulis vergewisserte sich, daß die Kapsel über seinem Kopf gut befestigt war. Er trat aus dem Beichtstuhl, verließ die Kirche und stieg in seinen Wagen. Er stellte das Tonband auf «Pause». Das über Funk mit der Kapsel verbundene Gerät besaß eine Vorrichtung, sich einzuschalten, sobald die Dezibelzahl um mehr als 10 Dezibel schwankte. Anders gesagt, es schaltete auf «Aufnahme», sobald jemand sprach oder auch nur flüsterte. Nach 30 Sekunden Schweigen schaltete sich das Tonband automatisch ab. Diese Vorrichtung erlaubte natürlich auch ein direktes Mithören. Es genügte, auf einen kleinen grünen Knopf zu drücken. Dann hörte man live alles mit, was die Kapsel übermittelte.

Nazulis stellte das Gerät an. Der Verstärker übertrug nur diffusen Lärm, einen Kirchenlärm, der sich zusammensetzte aus dem Surren gemurmelter Gebete, aus Schnüffeln, Husten, flüchtigen Schritten, geöffneten Türen, aufgezogenen Vorhängen und hin und wieder einer lauten Note: dem Geräusch eines auf dem Steinboden quietschenden Stuhls. Momentan war niemand im Geständniskasten.

Er wartete, wobei er genußvoll eine Pfefferminzpraline kaute, dann noch eine, dann eine dritte.

Schließlich wurde die Übertragung deutlicher. Jemand betrat den Beichtstuhl. Ein menschlicher Körper zwängte sich in diesen Ort des Geheimnisses, Knie auf dem Holz, das leicht knackte. Florian wartete noch einen Augenblick.

Das Klacken des Schalters ließ ihn auffahren. Es folgte das Gemurmel des Priesters (Französisch? Lateinisch?), dann eine ganz junge Stimme, die nach einem Räuspern der angstvollen Kehle heller wurde.

«Ich habe seit letztem Mittwoch nicht gebeichtet», verkündete der kleine Sünder, als habe man ihm die Pistole auf die Brust gesetzt. «Seitdem, na ja ... Na ja ...»

«Na ja?» machte der Priester.

Das Kind zögerte, und dann sprudelte es sein Geständnis in einem Zug, ohne Atem zu holen hervor.

«Ich habe eine Schachtel Nougat gestohlen. Ich habe meine Mathehausaufgaben nicht gemacht. Ich habe zu meiner Mutter ‹Scheiße› gesagt.»

«Na, das ist ja hübsch!» frohlockte Florian in seinem Wagen. «Der Junge ist Klasse!» rief er und schob sich eine Weinbrandkirsche in den Mund.

«Hm», machte der Priester, «das ist nicht gut, gar nicht gut. Was noch?»

«Öh ... Nichts.»

Das Kind suchte ernsthaft, was es denn wohl noch für Sünden begangen haben könnte. Aber er hatte die Bilanz schon gezogen, bevor er sich niedergekniet hatte. Nein, er hatte nichts anderes, nichts Besonderes.

«Wirklich nichts?» bohrte der Kirchenmann.

«Nein, wirklich», antwortete das Gör.

«Er wird ihm noch die Turnschuhe lecken, dieser alte Trottel!» wetterte Florian.

«Keine ... unreinen Gedanken?»

«Nein», sagte das Kind, das nicht so genau wußte, was der Priester darunter verstand.

«Keine ... Berührungen?»

«Ah! Dieser Hund!» schimpfte Florian. «Ich werde ihm die Fresse polieren!»

«Nein», sagte der Schüler, der überhaupt nicht begriff, worauf der Beichtvater hinauswollte.

«Wie alt bist du, mein junger Freund?»

«Zehn Jahre alt, Monsieur.»

«Ja ... also, wirklich keine Unreinheiten, he? Als Buße wirst du zehn ‹Gegrüßt seist du, Maria› sagen.»

Das Kind war entzückt, so billig davonzukommen, und verschwand, noch bevor das eucharistische Blabla zu Ende war. Vor allem das Nougat hatte ihn beunruhigt. Ein großer Kasten. Der Ladenbesitzer hatte nichts gesehen. Zehn «Gegrüßt seist du, Maria»: das war es wert.

Dann folgten die ängstlichen Frömmeleien einer alten Kröte, die zur Acht-Uhr-Messe heute früh zu spät gekommen und gestern der Leckermäulerei erlegen war, indem sie dreimal vom Kuchen nachgenommen hatte. Dann der fünfzigjährige Versicherungsangestellte mit spitzem Arsch und spitzen Lippen, Arbeit–Familie–Vaterland, der gerade gestand, schon wieder einen Samenerguß gehabt zu haben. Danach ein weiterer Weihwassermolch. Und dann ein portugiesisches Hausmädchen, das sich anklagte, nicht genug zu arbeiten, und eine Hausherrin, die gestand, ihrer Bediensteten zuviel Arbeit aufzubürden. «Aber ich bezahle ihre gesamte Sozialversicherung, sie kommt mich teuer ...» Nach diesem ganzen kleinen Kosmos vernahm Florian endlich eine melodiöse Stimme, eine Stimme, was für eine Stimme! ... Er drehte die Lautstärke höher und spitzte die Ohren.

Es war eine junge Frau.

Nach ein paar verzeihlichen Lappalien wagte sie es, stammelnd zur Sache zu kommen. Seit einigen Tagen dachte sie nur noch an eine Sache. Sie war davon besessen. Es quälte sie. Sie konnte nichts tun, um diesem Gedanken zu entfliehen, dem Bild von dieser ... Sache. Also gab sie schließlich nach, ging in ihr Zimmer, schloß die Tür ab, streckte sich auf dem Bett aus und verschaffte sich Befriedigung.

«Diese ... Sache, mein Kind», fragte der Prister, «von der Sie so besessen sind, was ist denn das?»

Sie antwortete nicht. Nazulis vernahm das Geräusch von unbequem auf die Holzplanken gedrückten Knien.

«Was ist denn das, diese Sache?» bohrte der Priester.

Angespanntes Schweigen.

«Sie können mir alles sagen, mein Kind», sagte er durch die Nase keuchend.

Die Knie auf dem Holz erfüllten den Beichtstuhl mit knackenden Geräuschen. Das Atemholen des Priesters drang bis zu Florian.

«Sie müssen mir alles sagen, liebes Kind», insistierte er.

«Mein Vater ...»

«Diese Sache ... Ja ... und?» murmelte er mit sanfter Stimme.

Sie nahm all ihren Mut zusammen.

«Ein Schwanz! Ein Schwanz!» gestand sie und brach in Schluchzen aus. «Ich denke an nichts anderes mehr. Tag und Nacht. Mit heftigen Schwanzstößen penetriert zu werden ...»

«Mmmm», machte der Priester.

«Es ist schrecklich, mein Vater. Was soll ich tun?» fragte sie schniefend.

«Aber Ihr Ehemann? ...»

«Bah ... Mein Ehemann ...»

Florian sprang aus dem Wagen und eilte in die Kirche. Ich bin, sagte er sich, als er mit Wolfsschritten auf den Beichtstuhl zustrebte, einfach immer im richtigen Moment am richtigen Ort. Er kam gerade vor der Reue-Hütte an, als sie mit geröteten Augen und dem Taschentuch unter der Nase heraustrat, um in einem Betstuhl niederzuknien.

Dieses Knien brachte die Büßerin in die am besten geeignete Pose für eine rückwärtige Betrachtung. Ein vages Jubeln erfüllte Nazulis. Unter ihrem strengen dunkelblauen Kleid besaß sie einen prachtvollen Arsch, rund, pausbäckig, einen Sprengsatz, der – da war er sich sicher – im Bett Wunder wirken mußte, vorausgesetzt, man wußte die Sache zu nehmen (und wußte ihn zu nehmen!).

In der Kapelle hinter ihr stehend hatte Nazulis die Hände zu einer empfangenden Geste zusammengelegt, die als reine Frömmigkeit erscheinen konnte. Tatsächlich schwirrten jedoch tausend wollüstige Bilder durch den Kopf des in Kontemplation versunkenen jungen Mannes.

Er zuckte zusammen. Sie war aufgestanden. Er folgte ihr.

Sie hinkte leicht. Bei jedem Schritt beugte sich ihre Hüfte ein wenig nach rechts. Das beeinträchtigte den Charme ihrer Formen nicht im mindesten. Sie verließ die Kirche und ging die Avenue Victor-Hugo hinauf. Er hatte ihr Gesicht immer noch nicht gesehen. Trotz ihres Hinkens machte sie kleine, schnelle Schritte. Mit großem, ruhigem Schritt folgte er ihr.

Sie wollte gerade die Straße überqueren, als er sie auf dem Gehsteig ansprach.

«Verzeihen Sie, Madame.»

Sie machte eine überraschte Bewegung und sah ihn mit hochgezogener Braue und einer Strähne im Auge mißtrauisch an: wollte er sie anmachen, um Almosen bitten, machte er eine Umfrage?

Sie war hübsch, ziemlich klein. Eine breite blonde Strähne reichte ihr bis gerade über ihre nußbraunen Augen und verdeckte sogar eines, sobald sie den Kopf nach links legte. Aber das andere Auge war lebendig, intelligent und sprühte von Neugier.

«Was wollen Sie?» fragte sie.

«Ich war in der Kirche, gerade eben.»

«Ja und?» wollte sie wissen.

«Ich war mit Ihnen im Beichtstuhl, auf der anderen Seite.»

Ein kurzes Zögern. Der 82er fuhr vorbei und zog seinen ersten Gang natürlich bis zum letzten hoch.

«Nun und?» sagte sie in trockenem Ton, als der Bus sich entfernt hatte.

Er baute sich vor ihr auf und sah ihr tief in die Augen.

«Ich habe alles gehört.»

Sie wurde aschfahl. Ihr Mund öffnete und schloß sich geräuschlos wie der eines Fischs, der nach Sauerstoff schnappt. Sie schwankte, verzog das Gesicht, faßte sich wieder und wurde plötzlich feuerrot.

«Beunruhigen Sie sich nicht, Madame», sagte er in väterlichem Ton und nahm sie beim Arm. «Da ist nichts, worüber Sie sich aufregen müßten. So winzige Vergehen wie Ihre kleinen ‹Sünden›: eine gute Phantasie, der Traum von einem schönen Schwanz ...»

«Ich bitte Sie!» hauchte sie.

«Kommen Sie!» rief er mit fröhlicher Stimme und nahm sie bei der Schulter. «Regen Sie sich nicht auf, liebe kleine Frau. Gibt es etwas Natürlicheres als Ihre Phantasien? Das alles ist sehr gesund. Ein schöner, guter Schwanz, schön hart, schön lang ... Hm? Na? Nein, nein, widersprechen Sie nicht, entspannen Sie sich, beruhigen Sie sich.»

«Wo gehen Sie mit mir hin?» fragte sie kleinlaut.

«Zu mir», sagte er.

Er beugte sich für eine Sekunde zu ihr hinüber und schnüffelte zwei- oder dreimal diskret. Das war L'Heure Bleue von Glin-Glin. Er mochte es. Ein nach Ambra duftendes, blumiges, würziges Parfum. Er bevorzugte allerdings Après l'Ondée vom selben Hersteller, das im großen und ganzen dieselben Elemente enthielt, aber noch etwas mehr Grün.

«Zu Ihnen! O nein. Das ist unmöglich», protestierte sie.

Sie sah ihn mit flehentlichen Augen an. Ihr hübsches, vor Aufregung rosiges Gesicht trug ein Tages-Make-up: Aprikosenfarbene Creme – er hatte deren Geruch wahrgenommen –, etwas Wimperntusche um die Augen, ein wenig Rosa auf den Lidern.

«Nein, nein ... Ich bitte Sie», wiederholte sie.

«Kommen Sie», sagte er mit liebenswürdigem Lächeln zu ihr.

Man hätte ihn für einen konfessionslosen Lieben Gott halten können, diesen jungen Mann mit dem sportlichen Äußeren und dem direkten Blick aus blauen Augen. Außerdem war er auf englische Art gekleidet, er trug einen Seidenschal um den Hals (zweifellos von Hermes) und eine dunkelgrüne Tweedjacke mit Lederbesatz an den Ellbogen. Er verströmte den feinen Duft der guten Gesellschaft, der guten Erziehung, der guten Manieren. Und hatte sie ihn nicht außerdem in Saint-Honoro-d'Elée getroffen?

«Nein, nein», protestierte sie schwach und ließ sich bis zu seinem Wagen führen.

Er öffnete ihr die Tür, schaltete diskret das Tonband aus und drehte den Zündschlüssel um. Auf zum Bett der Wollust!

«Das ist unmöglich, das ist unmöglich», wiederholte sie.

Ihre ein wenig vom XVI. Arrondissement gefärbte Stimme war ohne Zweifel hübsch, mit ihrem musikalischen Tonfall, der dem Ohr wohltat. Ah! Was hatte er Lust, sie zum Schreien zu bringen! Ah! Wie würde sie schließlich heulen vor Lust unter den harten Stößen des so sehr ersehnten Schwanzes!

Florian fuhr gewandt, mit einem Lächeln auf den Lippen. Er legte seine Hand auf ihren warmen Schenkel. Sie zuckte zusammen.

«Kommen Sie, seien Sie kein Kind! Sie sind ein großes Mädchen. Es wäre an der Zeit, Ihre Begierden wie eine Erwachsene auszuleben. ‹Mit großen Schwanzstößen zwischen meine Beine ...›»

«Schweigen Sie», sagte sie schluchzend. «Ich schäme mich ...»

Am unteren Ende der Avenue hielt er den Wagen an, nahm sie väterlich in die Arme, wiegte sie wie ein kleines Mädchen, strich ihr übers Haar und hielt ihr ein Taschentuch unter die Nase.

«Hören Sie auf zu weinen.»

«Ich schäme mich so ...»

«Sie brauchen sich nicht zu schämen. Aber es ist trotz allem Zeit, daß du ein autonomes und freies Wesen wirst. Man hat dir beigebracht, deine Lust zu unterdrücken, dich abzutöten, dein Begehren zu ersticken. Mach Schluß mit diesem ganzen albernen Geschwätz. Mein Gott, laß deine Hemmungen fallen!»

«Aber ...»

«Die Phantasien wie jene, die du da ausgesprochen hast, sind GUT! Ich schwöre es dir.»

«Schweigen Sie! Ich will nach Hause ...»

Er schloß sie in seine Arme, streichelte ihre Wange, wischte ihr eine Träne ab. Sie sah ihn mit großen Augen an wie ein verirrtes Kind. Er faßte sie am Kinn und legte sanft seine Lippen auf die ihren. Sie protestierte nicht mehr. Ihre Augen schlossen sich. Sie öffnete zwar nicht wirklich den Mund, aber sie schloß ihn auch nicht. Er knutschte sie ein bißchen und glitt mit der Hand unter ihre Bluse. Mit den Fingerspitzen fühlte er ihren BH. Was für ein Irrtum, sagte er zu sich, den hat sie nicht nötig ... in ihrem Alter. Er umfaßte ihre Brust mit der ganzen Fläche seiner Hand. Sie gab einen kleinen Seufzer von sich. Er begann, an ihrem Gürtel herumzufummeln, hakte das Kleid auf. Sie protestierte und wehrte sich ein wenig. Er insistierte, und es gelang ihm, mit zwei Fingern in ihr Höschen zu schlüpfen. Das Haar war weich, heiß, seidig. Sie wehrte sich immer noch. Er glitt mit einem Finger in den Spalt. Er war naß, triefend vor Lust. Da haben wir eine Illustration der christlichen Neurose, sagte sich Florian. Der Kopf sagt «Nein» – und der Körper sagt «Ja».

«Oooooh ...» machte sie, überrascht von der Lust, die sie überflutete und die in aufeinanderfolgenden Wellen ihren Körper hinaufzusteigen begann.

Weich und hingegeben, mit entspanntem Körper und lockeren Beinen auf dem unbequemen Autositz ausgestreckt, so gehörte sie ihm.

Mit dem in der langsamen Hinundherbewegung ölig werdenden Finger setzte er sein Streicheln fort, das der jungen Frau die Seufzer eines kleinen Hundes entlockte.

Dann nahm er eine ihrer zarten Hände und legte sie auf

Gulliver, der seit verdammt langer Zeit bereits die Hose spannte.

«Oh ... großer Gott ...» seufzte sie fassungslos.

«Das ist es, was dir Lust gemacht hat, nicht wahr?»

«Oh, o la la ...» wiederholte sie fasziniert, die Hand auf diesem Wetterhahn der Götter, den Fuß auf der Schwelle zum siebten Himmel.

«Ist es das, was du wolltest?» fragte er mit einer Spur von Grausamkeit in der Stimme, die ihr jedoch entging.

«Ja, ja», murmelte sie.

«Na dann los», sagte er und drehte den Zündschlüssel um.

Während er fuhr, streichelte sie «die Sache» ihrer Träume und ihrer Phantasien schüchtern und hingerissen mit den Fingerspitzen.

«Sie können ruhig fester drücken, das ist ganz stabil», versicherte er.

Sie traute sich nicht. Mit einem Ruck zog er den Reißverschluß auf, der «Zzziiip» machte, und der scharlachrote, fröhliche Kopf des Tieres sprang aus dem Känguruh heraus.

Sie war sprachlos; ihre Augen weiteten sich vor Verblüffung.

Ob sie ihn jemals aus der Nähe betrachtet hatte, den Gulliver ihres Ehemannes (den Liliput?)? Sie schien dieses männliche Werkzeug Nummer 1 zum erstenmal zu entdecken.

An einer Ampel sahen die Insassen eines benachbarten Autos sie seltsam an. Florian brach in donnerndes Gelächter aus, und während die Ampel auf Grün schaltete, machte er ihnen ein Zeichen mit der Hand, halb freundschaftlich, halb übermütig.

Boulevard Saint-Germain, Rue de Rennes, Place Saint-Sulpice, das Herz des VI. Arrondissements voller Bäume und

Spaziergänger, lächelnd und lebendig trotz der frömmlerischen Läden, von denen es hier wie von Kellerasseln wimmelte und wo die Alten aus der Provinz Miniaturen des Chapelet, Meßbücher oder erbauliche heilige Bilder kauften.

Auf dem Platz, der von der klobigsten und häßlichsten Kirche von Paris – einem wahren priesterlichen Bunker – beherrscht wurde, liefen Kinder auf Rollschuhen um den monumentalen Springbrunnen herum, der sprudelndes, kristallklares Wasser ergoß über die Schultern Fénelons, des Bischofs von Cambrai; Bossuets, des Bischofs von Meaux; Eflechiers, des Bischofs von Nîmes; Manillons, des Bischofs von Clermont. Vier sitzende, gebenedeite Bischöfe inmitten der Sintflut, bewacht von vier brüllenden Löwen. Vier brave Männer dicht neben der Gedenktafel, völlig abgeschlossen von den wirklichen Dingen des Lebens: den Rollschuhen, den Gören, den Vögeln und den Verliebten auf den Bänken.

Florian parkte den Wagen unter einer Platane. Mit gesenktem Kopf betrachtete sie noch immer versunken das Geschütz ihrer Träume, aus dessen hochroter und irgendwie heiterer Spitze eine durchsichtige Flüssigkeit tröpfelte.

«Die Begierde», sagte er. «Ich werde auch feucht.»

Mit der Fingerspitze fing sie einen Tropfen der Flüssigkeit auf und führte ihn an die Nase. Geruchlos. Sie kostete es mit der Zungenspitze.

«Es schmeckt süß», sagte sie.

Er drehte sich der jungen Frau zu. In ihrem Blick war ein goldener Strahl.

«Ich begehre Sie ungeheuer», sagte er.

«Ich begehre Sie auch. Ich habe das noch nie so stark gespürt», sagte sie und fuhr mit der Hand durch Nazulis' Haar.

«Haben Sie Ihren Ehemann schon einmal betrogen?» fragte er, während er mit dem diamantbesetzten Ehering aus Platin spielte.

«Noch nie», sagte sie.

«Haben Sie vor ihm andere Männer gekannt?»

«Nicht intim. Ein oder zwei Flirts, höchstens.»

«Was verstehen Sie unter Flirt?»

«Vergnügungen oberhalb der Gürtellinie.»

«Sie haben als Jungfrau geheiratet?»

«Ja.»

«Unglaublich!» rief er. Daß es das im Jahre 1984 noch gibt! Diese teuflische Religion vergiftete tatsächlich immer noch das Volk. «Und was macht Ihr Ehemann beruflich?»

«Er ist ein hoher Beamter im Verteidigungsministerium.»

Florian unterdrückte eine Grimasse.

«In Sie verliebt?»

«Mal so, mal so.»

«Was heißt das: mal so, mal so?»

«Zweifellos liebt er mich. Er ist ein ernsthafter und vernünftiger Mann.»

«Schläft er oft mit Ihnen?»

«Ein- oder zweimal pro Woche.»

«He?»

«Ein oder zwei ...»

«Ich habe es gut verstanden. Das ist erschreckend. Eine Frau wie Sie, feurig, jung, schön ... Ein- oder zweimal ... Was für eine Schlamperei! Was ist das für ein Trottel! Was für ein Elend!»

Sie lehnte sich ganz dicht an ihn, nah und verloren. Sie sah ihn mit ihren klaren Augen an. Plötzlich bekam Florian Lust zu weinen, einmal ordentlich zu schluchzen. Es gab auf dieser Welt Dinge, die er nicht begreifen konnte. Manchmal verstand er gar nichts mehr.

Er nahm ihre Hand und preßte sie an seine Lippen. Er wußte, daß das, was in diesem Moment zwischen ihnen geschah, weit über die Begierde hinausging. Zwischen ihnen beiden, zwischen den gesagten oder ungesagten Worten, zwischen den Zeilen war etwas Unsichtbares. Das war ganz einfach Liebe. Ein Moment der Liebe ohne Berechnung, ohne Konventionen, ohne Zukunft, ohne Vergangenheit. Gratis – wie es nur die echte Liebe sein kann. Er hatte sie nichts zu fragen. Sie hatte ihr Leben, er hatte seines. Ihre Wege kreuzten sich. Vielleicht würden sie sich nie wiedersehen.

«Wie heißt du?» fragte sie.

«Florian», sagte er.

«Ach», sagte sie, «da haben wir fast denselben Vornamen. Ich heiße Florence.»

Sie legte den Kopf auf seine Schulter. Sie betrachteten die Türme der Kirche von Saint-Sulpice, zweifelhafte, luftige Bastionen.

«Momente wie dieser rechtfertigen ein Leben», sagte Florian.

Natürlich war da auch das Begehren. Beide wußten, daß sie sich in wenigen Minuten aufs Bett werfen und das große Beben genießen würden. Aber in diesem Augenblick befanden sie sich jenseits der Begierde. Gulliver übrigens hatte sich sacht entspannt. Instinktiv verstand er, daß die Liebe noch weiter reicht als bis zum Sex. Voll Vertrauen in seinen Meister, der, wie er wohl wußte, niemals eine Gelegenheit zum Feiern verpaßte, wartete er in seiner Ecke. Der Meister war für den Augenblick verliebt. Das war nicht die Zeit für Kapriolen und Tändeleien. Gulliver wartete.

Da, sie stehen auf! rief er nach einer Zeit des Schweigens plötzlich aus. Die Aufregung stieg ihm zu Kopf. Er richtete sich auf, ganz bewegt von dem Gedanken, endlich kopfüber in diesen wundervollen Teich eintauchen zu können, der so schön nach erregter Frau roch.

Gulliver sprühte Funken.

5

Florian hatte recht gesehen. Florence erwies sich als eine phantastische Geliebte.

Wie war es nur möglich, daß sie so für die Lust begabt war und sie so wenig praktiziert hatte? Sie entschädigte sich ganz entschieden für alle verliebten Feste, die ihr verboten geblieben waren.

Sie hatte sich über ihren Mangel an Gewohnheit und an Sicherheit hinwegzusetzen verstanden.

«Legen wir uns ins Bett?» hatte sie ihren Entführer mit schüchterner Stimme gefragt.

«Wir legen uns *aufs* Bett. Ich will dich von Kopf bis Fuß sehen, meine Wunderschöne.»

Sie hatte begonnen, sich auszuziehen wie eine Schülerin, mit Methode, sie faltete das Kleid und legte es sorgfältig über den Stuhl.

«Warte», hatte er gesagt, «ich werde dir die Kleider ausziehen.»

Etwas geniert hatte sie es geschehen lassen; sie war noch nicht in diese Riten eingeführt.

«Tu ich deinem Bein weh?» hatte er gefragt, als er ihr einen weißseidenen Unterrock auszog.

«Aber nein, warum?»

«Ich habe bemerkt, daß du etwas hinkst. Hattest du einen Ski-Unfall?»

«Nein, es ist meine Hüfte, der Ischiasnerv ... Ich weiß nicht. Ich habe seit zwei oder drei Monaten Schmerzen. Es ist hinderlich beim Gehen. Ich habe vier oder fünf Spezialisten aufgesucht, ohne jedes Resultat.»

«Bah, die Ärzte ...» hatte Florian mit skeptischer Grimasse gemeint, während er ein baumwollenes Höschen mit Wabenmuster an ihren Beinen hinabgleiten ließ.

Sobald sie nackt in seinen Armen lag, zitternd vor Lust, glitt er mit dem Kopf zwischen ihre Beine zur einleitenden Hommage der mündlichen Liebkosung.

«Nein», seufzte sie, «sofort, ich bitte dich, dring sofort in mich ein.»

Sie hatte die Beine geöffnet, die Knie ein wenig angehoben und streckte die Arme nach ihm aus. Ihr glatter, heißer Körper trug noch einen Rest der Bräune vom vergangenen Sommer. Ihre kleinen und festen Brüste reckten sich hoch und zeigten stolz ihre Jugend.

Sie sah ihn etwas erschreckt an.

Ihr Blick war von solcher Intensität, von solchem Feuer – ein Blick des Wahnsinns –, daß er einen Moment lang vor Verblüffung reglos blieb. Sie klammerte sich mit kolossaler Kraft an seine Schultern. Er spürte, daß ihre Nägel in seinen Rücken eindrangen wie die Klauen eines Adlers in seine Beute. Sie zog ihn plötzlich an ihren Bauch und ließ ihn mit einem Stoß eindringen.

Dann erst entspannte sie sich. Ihre Hände öffneten sich, ihre Muskeln wurden locker. Ihre Augen hatten den wahnsinnigen Glanz verloren.

An den Körper ihres Geliebten gepreßt, bewegte sie langsam und weich ihren Unterleib. Er schwebte in einer unbequemen Stellung, auf seine Arme gestützt, über ihr und betrachtete sie, gefesselt vom Schauspiel einer solchen Konzentration, einer solchen Inbrunst in der Lust. Er hatte viele Frauen gekannt (er war einer der ersten Jäger von Paris), aber niemals hatte er beim Liebesakt eine solche Glut beobachtet.

«Das ist noch besser als in meinen Träumen», flüsterte sie.

«Worauf hast du jetzt Lust?» fragte er. «Was willst du, daß ich tue?»

«Da ist noch ein anderes Bild, von dem ich auch besessen bin. Laß es dir zeigen.»

Sie löste sich von ihm und kniete sich aufs Bett, senkte den Kopf und stützte sich in der Stellung eines vierbeinigen Säugetiers auf ihre Unterarme.

«So», sagte sie.

Er bewunderte das pralle, erhobene Hinterteil, das sich ihm darbot. Er ließ die Spitze seines Gullivers an dem feuchten Busch herumirren.

«Ich möchte», sagte sie, «daß du so stark wie möglich zuschlägst.»

Florian zögerte eine Sekunde. Was verstand sie unter «zuschlagen»? Wollte sie, daß er sie auf den Hintern schlug – auf ihren schönen, runden rosigen Hintern – mit einer Peitsche, einem Stock, einer Gerte, einem Schläger ...? Daß er mit der Hand zuschlug, bis sie schrie, blutete und kam? O nein! sagte er sich, von ganzem Herzen hoffend, daß das nicht ihr Trip war. Er fühlte sich unfähig, in dieses sadomasochistische Spiel einzusteigen. Er liebte es, zu streicheln, nicht zu schlagen. Er liebte die Liebe. Nicht die Gewalt.

«Du willst, daß ich dich schlage?» fragte er beunruhigt.

«Nein, nein. Ich will nicht, daß du *mich* schlägst. Ich möchte, daß du mit großen Lendenstößen gegen mich schlägst, mit aller Kraft, und daß du von hinten in mich eindringst.»

Von neuem bekam Florian Zweifel. Was verstand sie unter dem Ausdruck «von hinten»! Wollte sie, daß er sie sodomisierte? Warum nicht? Dies besessene Bespringen, das nicht mehr Lust bereitete als das andere (es sei denn im Kopf gewisser Arsch-Fetischisten, die ein bißchen gestört waren in der

Birne), war auch nicht so sehr sein Trip, aber wenn das ihr Begehren war, war er bereit, es zu befriedigen.

Er drückte den Finger gegen das zweite Loch und spürte die verschlossene Elastizität der Schleimhaut.

«Wir bräuchten ein Gleitmittel», schlug er vor, «sonst ist es nicht möglich, es wäre zu schmerzhaft.» Er streckte die Zunge aus, und sanft und eifrig führte er jene Liebkosung aus, die die Erotologen «Afterrose» nennen.

Sie begann zu lachen, und ihr Hintern wurde von oben bis unten geschüttelt, ein unwiderstehlich geiles Schauspiel.

«Als ich ‹von hinten› sagte, sprach ich von der Stellung», präzisierte sie, «nicht von ‹dem›.»

«Ah, gut», sagte Florian erleichtert.

Es gab kein Mißverständnis und keine Verwechslungen mehr. Er drang in sie ein, Gulliver voraus, in die richtige Öffnung, sie war glitschig und heiß. Er ließ seine Lunte in immer heftigeren Stößen hinein- und herausgleiten.

«Aaaaaaoooooaaah!» schrie sie endlos, den Mund in die Matratze vergraben.

Jedesmal wenn er sie dem Orgasmus nahe fühlte, beschleunigte er den Rhythmus und stieß mitten zwischen diese runden Hinterbacken, die gegen die Haut seiner Schenkel schlugen. Als er spürte, sie würde gleich den Geist aufgeben, wurde er noch heftiger, wie eine Lokomotive auf Volldampf. Sie kam. Rund um Gullivers Hals spürte er die kontraktierenden Pulsschläge der Lust und die darauf folgende kleine Dusche. Dann verminderte er die Geschwindigkeit und zählte mit lauter Stimme:

«Vier!»

Dann fing er keuchend und schwitzend wieder an, wie ein Holzfäller, der zählt, während ein Baum sich unter großem Getöse um 90 Grad schwenkt und seine Blättermasse im Wind pfeift.

«Fünf!»

«Wie machst du das», fragte sie kurzatmig und zwischen zwei Seufzern, «die ganze Zeit über hart zu bleiben? Bei meinem Mann wird er sofort wieder schlaff.»

«Er vergnügt sich damit, sich bei seinen Kanonenschlägen wieder aufzurichten und Krieg zu spielen ...»

Er nahm den regelmäßigen Rhythmus eines Sägewerkers wieder auf. «Sechs!»

«Warum zählst du?» fragte sie keuchend, die Stirn noch immer im Bett vergraben.

«Thesaurisierung der Wollust, Eitelkeit des Holzfällers, Spiel der Rekorde ... Ich weiß nicht.»

«Ich kann nicht mehr», hauchte sie mit vom Laken erstickter Stimme.

«Warte! Weiter, weiter!»

Er stieß sie immer aufs neue, getrieben von geheimnisvollen Kräften, deren Werkzeug er lediglich war, und Gulliver war das Werkzeug des Werkzeugs. Rein-raus, rein-raus, rein-raus ... Weiter, weiter ...

«Sieben!»

«Hör auf, Florian, ich kann nicht mehr.»

Sie rollten sich auf die Seite, außer Atem, schweißnaß, berauscht von wiederholten Orgasmen.

«Wie kann es Menschen geben, die nicht vögeln?» fragte Florence, während ihre Zehenspitzen mit Gulliver spielten.

«Das frage ich mich oft», sagte Florian.

«Man fühlt sich so wohl in seiner Haut, man versteht besser, man nimmt mehr wahr, die Welt hellt sich auf.»

«Die Welt gehört denen, die bumsen», bestätigte er.

«Aber wie machst du das, so lange hart zu bleiben?» wollte sie wissen.

«Wenn ich merke, daß ich kurz vor dem Orgasmus bin, halte ich mich zurück. Ich verlangsame die Bewegung, ich halte an, ich warte. Es gibt eine Art freundschaftlichen Kampfs zwischen Gulliver, der spucken will, und mir, der ihn zurückhält.»

«Wer ist das, Gulliver?» fragte sie.

«Mein bester Freund, treuer Kamerad, Quelle meiner schönsten Genüsse ... Das ist er, da unten», sagte er und deutete auf ihn.

Gulliver war viel zu müde zum Grüßen.

«Ah! Das ist die ‹Sache›!»

«Ja», sagte Florian. «Wenn ich ihn gut beherrscht und ihn schön hart gehalten habe, meinen Lieben und Edlen, dann kann ich mich von neuem in Bewegung setzen. Dann ist die Lust grandios, um so stärker, je länger ich den Orgasmus hinauszögere. Die Lust steigt in dem Maße, wie der Ausbruch aufgeschoben wird. Die höchste Ekstase ist die des größten Begehrens. Der Fehler bei der körperlichen Liebe ist, nach zu geringem Begehren zum Orgasmus zu kommen. Da entsteht ein großer Teil der Neurosen. Sehr oft haben die Leute nicht genug Genuß, weil sie sich nicht die Zeit fürs Begehren genommen haben. Man macht seinen Schuß, schnell, schlecht, und dann ist man unglücklich.»

«Dann bist du also noch gar nicht gekommen?» fragte sie.

«Nein, noch nicht.»

«Und deshalb konntest du so lange und so heftig bumsen?»

«Ja.»

«Niemals habe ich es so genossen, und nie so viele aufeinanderfolgende Orgasmen gehabt. Das war wahnsinnig, das war ...»

«Das ist meine Methode», sagte er.

Sie sah ihn mit strahlenden Augen voller Bewunderung an. Aus dieser Fähigkeit, die so viele Frauen erstaunte, zog er keine Eitelkeit. Den Genuß zu verlängern war für ihn eine natürliche Sache, eine große, angespannte Wollust.

«Aber du mußt doch ungeheure Lust haben zu kommen, nachdem du dich so lange zurückgehalten hast?» fragte sie.

«Ja.»

«Weißt du, was mir Spaß machen würde?»

«Nein», sagte er, «ich weiß es nicht.»

Seine Lippen spielten mit dem Vogelflaum, der Florences Hals am Haaransatz zierte.

«Ich habe Lust, all das zu tun, was ich noch nicht gemacht habe.»

«Ja, sag es mir.»

«Mein Mann denkt, daß mich diese Dinge nicht interessieren.»

«Der Trottel», sagte Florian.

«Er hat mich immer nur in dieser Missionarsstellung genommen, mechanisch und schnell.»

«Erstaunt mich nicht.»

«Ich möchte ...»

«Alles, was du willst», versprach er.

«Ich bin naschhaft ...» Sie zögerte. «Das wird dir komisch vorkommen», sagte sie.

«Auf diesem Gebiet habe ich, glaube ich, alles ausprobiert», gestand er.

«Ich ... ich ...»

Es gelang ihr nicht, ihr Begehren auszudrücken.

«Eines mußt du dir klarmachen», sagte Florian. Er sprach die fünf Silben deutlich und mit Nachdruck aus, eine nach der andern: «Alles ist erlaubt», erklärte er.

Sie nahm ihren ganzen Mut zusammen und sagte es in einem Atemzug: «Ich möchte, daß du in meinen Mund kommst.»

«Das ist eine charmante Idee», stimmte Nazulis zu.

«Ich bin nicht sicher, ob ich das kann, aber ich möchte es versuchen.»

«Das lernt man schnell», sagte Florian.

«Aber ich habe noch nie ...»

«Ich bin sicher, daß du sehr begabt bist. Wichtig ist, daß du mit deinen Zähnen vorsichtig bist. Du darfst nur die Lippen – deren Muskeln für diesen Gebrauch wie geschaffen sind – und die Zunge benutzen.»

Er legte sich auf den Rücken, schob sich ein Kissen bequem unter den Kopf und ließ sie machen.

«So?» fragte sie. (Wenn mein Mann mich sähe ...)

Da sie es zu gut machen wollte, beschleunigte sie die Liebkosung und drängte den armen Gulliver schnell zu letzter Glut.

«Nein, so geht es nicht», verkündete Florian. «Das ist zu plötzlich. Du mußt es langsamer machen, sacht anfangen, regelmäßig und sinnlich ...»

Sie nahm das untere Ende des gulliverschen Zylinders in die rechte Hand und ließ ihre Zunge in Kreisbewegungen um den violetten Kopf herumfahren.

«Genau das ist es!» rief Florian. «Mach weiter. O ja, o ja, oh, du bist begabt ...»

Florence verließ sich auf ihren Instinkt und umhüllte mit feuchtem Schlecken die runde Spitze, die immer härter wurde und sich der Explosion näherte.

«O ja! O ja! Ja!» murmelte Florian, dessen Bewußtsein zu taumeln begann.

Er sah Feuerschlünde, schweflige Krater, in denen glühende Lava brodelte. Stoßweise sprudelten verflüssigte Steine hervor und durchzogen die Nacht mit roten Streifen ...

Sie hatte die Kugel sanft verschlungen, wobei sie darauf achtete, daß sie ihre Zähne nicht berührte, und ließ sie zwischen ihren Lippen hin und her gleiten.

«Oh, oh, oh ...» murmelte er. «Hör zu, wenn ich komme, hör nicht auf, behalt mich bis zum Schluß im Mund.»

Die Haustürklingel schellte. Florian fuhr zusammen.

«Beunruhige dich nicht», hauchte er. «Ein Vertreter oder eine Meinungsumfrage ... Wir kümmern uns nicht darum ... Mach weiter ... Wwwwwwaaaaooooouuuuh ...» machte Florian.

Große, funkensprühende Garben explodierten oberhalb des Kraters und schossen in einem gigantischen Feuerwerk auf den Zenit zu. Die Krateroberfläche wurde von einem Sturm, der aus der Tiefe des Planeten kam, bewegt und schleuderte Fontänen aus Erde, Stein und weißglühenden Metallen in den Raum.

Sie spürte, wie die geblähte Spitze sich noch weiter ausdehnte, hart und brennend heiß.

Nazulis blieb unbeweglich liegen, die Fäuste geballt wie ein wütendes Baby, die Augen geschlossen, die Muskeln angespannt.

Sie empfing den ersten Erguß auf der Zunge, warm und sprühend, dann einen zweiten. Nun zählte sie ihrerseits die Pulsschläge ... drei, vier, fünf, sechs, sieben ... Na also, sagte sie sich, wir sind quitt. Aber da überschwemmte ein achter Guß ihren Mund. Sie wartete auf das nächste Zucken. Nichts. Es war vorbei.

«Großer Gott», sagte er, «du machst das wie eine Professionelle.»

«Ich hatte schon lange Lust darauf», schnurrte sie, während sie sich in die Arme des jungen Mannes kuschelte.

Sie blieben für ein paar lange Minuten still, schwebend wie zwei Bekiffte auf ihrer Reise, den Kopf voller Wolken und Lichter.

Nazulis flog über die dunkelgrüne, unendliche Haarpracht der Amazonas-Wälder. Dann kam das Meer, dieses stille Dach, das weiß und blau funkelte ... Eine Taube schlug mit den Flügeln, und unter den inneren Augen eines geblendeten

Florian flog sie einen Moment lang ins Blau des Himmels hinein. Florence hatte ihre Hand auf den eingeschlafenen Gulliver gelegt.

«Auch Momente wie dieser rechtfertigen ein Leben», murmelte Florian.

Von neuem klingelte es an der Haustür. Nazulis zog einen Morgenrock über, und in einem anderen Zustand – er hatte das Gefühl, auf Wolken zu gehen – ging er die Tür öffnen.

«Erwachen Sie!» riefen zwei Wesen im Duett, die blaue, mit Tüchern unterm Kinn zusammengebundene Helme trugen. Sie schwenkten ein Traktat, das mit einer gelblichen Sonne bedruckt war.

«Bitte?» fragte er und rieb sich die Augen.

«Erwachen Sie! Erwachen Sie!» kläfften die beiden alterslosen Mädchen in fröhlichem Ton und schwenkten ihre Broschüre vor den Augen des jungen Mannes.

Sie waren alle beide mit einer khakigrünen Militärjacke bekleidet und mit einem bordeauxroten Kleid, das bis ans Ende ihrer nackten weißen Waden hinunterreichte. Sie trugen Galoschen an ihren großen Füßen, und ihre Gesichter, die von gelben Zähnen aufgeheitert wurden, waren bleich.

«Gott ist mit Ihnen!» versicherten sie. «Er wird Ihnen helfen. Erfolg in den Geschäften. Glanz in der Gesellschaft. Sieg über Ihre Schüchternheit. Viel Geld. Gott ist mit Ihnen. Erwachen Sie!»

«Sie sind ganz schön dreist», sagte Nazulis.

«Gott ist überall, erwachen Sie!»

«Okay, ich habe verstanden», sagte er. «Zu welchem Preis verkaufen Sie Ihren Salat?»

«Sie geben, was Sie wollen», sagten sie mit ruhiger Stimme.

«Was ich will . . .» wiederholte er, indem er sich erst unter einer, dann unter der anderen Achsel kratzte, mechanische Berührungen mit den Fingerspitzen. «Was ich will?»

«Ja, so ist es», versicherten sie. «100 Francs, zum Beispiel.»

« … Oder sogar mehr …» schlug eine der beiden mit naschhaftem Blick und gelbem, raubgierigem Lächeln vor.

« … Oder sogar mehr …» wiederholte Florian, der allen Zugeständnissen Tür und Tor öffnete.

«Da gibt es etwas Ärgerliches», sagte er, «und zwar in dreierlei Hinsicht.»

«Ah, dreierlei Ärger?»

Sie blinzelten mit den Augen und wippten von einem Fuß auf den andern.

«Ja. Dies also ist das Ärgerliche: 1. Ich bin vollständig wach. 2. Gott ist tot. 3. Sie machen mir langsam die Eier heiß.»

«Oh!» riefen sie gekränkt, mit runden Augen und hühnerarschförmigem Mund.

«Glauben Sie mir nicht? Sehen Sie her!» rief er und schlug mit großer Geste die beiden Schöße seines Morgenrocks auseinander. «Sie sehen, daß Sie sie mir langsam heiß machen!»

Wie in einer Kolik stürzten sie die Treppe hinunter und verloren dabei einige Heftchen, deren reißerische Schlagzeilen auf der Titelseite lauteten: «Apokalypse» … «Der Rachegott» … «Wütende Zeugen» … «Erwachen Sie!» …

Florian warf ihnen ihre Prosa vom Absatz der Treppe aus nach. Die bedrohliche Literatur flatterte zwischen den Stockwerken herum.

«Und wenn ihr wiederkommt», rief er ihnen nach, wobei er mit den Händen ein Sprachrohr formte, «werde ich euch von hinten ficken!»

Florence schlief wie ein Kind: die Strähne über dem Auge, die Hände geöffnet, die Arme zur reglosen Haltung einer Lyra-

Spielerin gerundet. Ihre Achseln waren rasiert, aber das verzieh er ihr. Sie hatte noch soviel zu lernen!

Sacht streckte er sich neben ihr aus und beschnupperte sie zärtlich. Der animalische Geruch einer Frau nach dem Orgasmus mischte sich mit L'Heure Bleue. Er küßte sie sanft auf ihre runden Schultern, ihre Lippen. Sie wachte auf.

«Mein Gott», murmelte sie, «ich bin eingeschlafen ... Wie spät ist es? Ich muß nach Hause!»

Sie stand auf und sammelte ihre verstreute Kleidung ein.

Plötzlich blieb sie verdutzt stehen. Sie riß die Augen auf, und ihr Mund öffnete sich, ohne daß sie einen Ton herausbringen konnte.

«Was ist los?» fragte Nazulis.

«Florian!» rief sie. «Es ist unglaublich!»

Mit beiden Händen hatte sie ihren Kopf gefaßt und stieß ein schluchzendes Lachen aus, das sie nicht zurückhalten konnte.

«Aber was gibt es denn?» fragte er ganz beunruhigt.

«Florian, Florian!» stammelte sie.

«Mein Liebes, sag doch, was ist los?»

Sie schüttelte den Kopf, ihre Augen waren voller Tränen, und es gelang ihr nicht, sich an die Tatsache zu gewöhnen.

«Das ist unerhört, das ist unerhört», wiederholte sie.

Sie machte eine Runde durchs ganze Zimmer. Nackt, aufrecht, strahlend. Sie hinkte nicht mehr.

«Es tut nicht mehr weh! Ich spüre meine Hüfte nicht mehr! Das ist unglaublich, das ist wunderbar!»

Er ging auf sie zu und küßte sie aufs Ohr, unter die mit L'Heure Bleue parfümierten Löckchen.

«Das ist kein Wunder», sagte er ruhig. «Das ist ganz einfach die Liebe. Die einzig wahre Therapie. Aber das sagen die Ärzte ja nie.»

«Aber wie konnte denn der Schmerz so völlig verschwinden?»

Mit Tränen in den Augen ging sie im Zimmer hin und her, überwältigt vor Glück.

«Der Körper ist eine Einheit, vom Kopf bis zu den Füßen, von der Schilddrüse bis zum Knöchel, vom Darm bis zu den Träumen. Valéry hat gesagt: ‹Das Nervensystem ist der größte Poet.›»

Florence hörte nicht auf, ihre Beine und ihre Muskeln zu bewegen. Sie strahlte vor Freude.

«Der Körper», fuhr Florian fort, «will mit aller Kraft glücklich sein. Mit seiner ganzen Energie widersetzt er sich den somatischen oder psychischen Unannehmlichkeiten. Bekommt er nicht genug sexuellen Genuß – die intensivste Befriedigung menschlicher Wesen –, beginnen sich Körper und Geist gleichermaßen zu verheddern. Dann gibt es Entgleisungen jeder Art. Das Individuum ‹somatisiert›, wie die Psychos sagen. Die Abwesenheit oder die unzureichende Menge von Genuß führen zu tiefgreifenden Störungen, zu gravierender physischer oder mentaler Unordnung. Enthaltsamkeit macht krank. Keuschheit – was auch immer die Moralisten und die Gläubigen sagen mögen – ist keine Tugend, sondern eine Krankheit.»

«Aber was ist mit meiner Hüfte passiert?» fragte Florence.

«Dein Begehren ist gegen eine Mauer geprallt. Dein Körper mußte sich mit dem Verbot abfinden, das vor seinem tiefsten Begehren stand. Es hat gewissermaßen rebelliert.»

Sie betrachtete ihre Hüfte, als hätte sie eines der Rädchen aus dem blockierenden Mechanismus gesehen.

«Dein Körper hat – aus einem sehr komplexen Grund, den zu analysieren sehr langwierig wäre – einen Ort zur Manifestation seines Unbefriedigtseins gewählt: deine Hüfte. Von dem Tag und dem Moment an, an dem dein Organismus endlich seine Befriedigung wiedergefunden hat, ist die Revolte beigelegt, der Schmerz ist verschwunden.»

«Das ist ungeheuerlich!» rief sie aus.

«Das ist normal», betonte er. «Das einzige und wahre Mittel gegen die Krankheit ist die vollständige Befriedigung allen Begehrens.»

«Es kommt mir vor, als hätte ich gerade zum erstenmal gevögelt», stellte Florence freudestrahlend fest.

Sie streckte die Arme aus und rekelte sich wollüstig. Ihre jugendlichen Brüste hielten sich aufrecht. Mein Gott, wie gut sie gebaut ist, dachte Florian. Aufs neue hatte er Lust auf sie.

«Mein Mann denkt, ich sei nicht sinnlich», sagte sie, während sie mit dem Finger über einen leichten Streifen auf ihrem Schienbein fuhr. «Er denkt, ‹diese Sachen› interessierten mich nicht. Wir schlafen ohne ein Wort miteinander, und dann: Gute Nacht!»

Florian streichelte mit Inbrunst die Rundung ihrer Hinterbacken. Sie schnurrte wie eine Katze.

«Und ich», sagte er, «ich habe eine kleine Freundin, die Agnès heißt. Eine Kleine-entfernte-Freundin. Sie denkt, ich sei impotent. Bei ihr kriege ich keinen hoch. Sie ist nicht besonders häßlich, aber da ist ein Ich-weiß-nicht-Was an ihr, das – für mich – die Erektion verhindert. Wir haben mehrmals versucht, miteinander zu schlafen. Es ging jedesmal daneben. Sie mag mich gern, sie hat so eine Art zärtlichen Mitleids für mich. Sie glaubt, ich sei bei allen Frauen impotent. Sie ist niemals auf die Idee gekommen, daß das Begehren selektiv ist.»

«Mein Mann kümmert sich so wenig um mich», fuhr Florence fort, «er streichelt mich so schlecht, daß ich mich nach der ... Kopulation ganz allein befriedigen muß.»

«Und das ist der Moment, in dem du phantasierst?» fragte Florian, der abwechselnd die beiden Brustwarzen der jungen Frau leckte, die unter seiner Zunge hart wurden.

«Diese ganze Bilderwelt, die mir durch den Kopf geht, wenn ich es mir mache ...» sagte sie träumerisch.

«Sag es mir», verlangte er erregt.

«Bis heute habe ich gedacht, es sei schlecht. Verbotene Bilder, die man verscheuchen müsse. Ich ging beichten. Ich fühlte mich nicht wohl in meiner Haut.»

«Und du hast gehinkt ...»

«Ja. In meinem Innern knirschte es. Mir wird jetzt klar, was mir alles fehlte. Du hast mir auf einmal meine wahre Natur entdeckt. Ich habe ein enormes Bedürfnis nach Genuß. Ich bin eine sinnliche Frau.»

«Erzähl mir deine Phantasien», sagte er, wobei er mit den Löckchen ihrer Möse spielte. «Beschreib mir die Bilder deines erotischen Kinos.»

«Da ist zunächst dieser lange, gerade, feste Schwanz, der sich zu mir hinstreckt ... Ah! Was konnte ich davon träumen! Dann ist da noch ein muskulöser, braungebrannter Männerkörper, der auf mich zukommt, um mich in die Arme zu nehmen ...»

Ihre Augen verloren sich jenseits der Zimmerdecke, sie träumte von entfernten Bildern.

«Das ist alles?»

Er hatte die drei mittleren Finger seiner linken Hand in Florences feuchte Öffnung gesteckt und führte damit eine langsame Kreisbewegung aus.

«Ich suche deine erogene Zone», sagte er.

«Ah», sagte sie lachend, «die ist bei mir überall ... O ja, mach so weiter ... Oh, ist das gut, ist das gut ...»

Gulliver schwang hin und her wie ein Schürhaken. Florian baute sich über seiner Freundin auf, so daß sie sich berührten. Eine köstliche Empfindung.

«Du hast mich mit dem Mund befriedigt», sagte er, «jetzt möchte ich in dir drin kommen.»

«O ja!» stimmte sie zu.

Sie öffnete die Beine und bot sich ihm dar.

«Ich bin ganz bei dir», murmelte sie, als er sich langsam in sie hineinschob.

So blieben sie einen Moment lang ohne jede Bewegung. Gulliver war im siebten Himmel und spürte Florences Blut an seinem empfindlichen Kopf pulsieren. Von Zeit zu Zeit zog sie ihre Muskeln zusammen und umschloß die runde, harte Spitze.

«Oh, wie ist das gut, oh, wie ich dich liebe, oh, das ist wunderbar», brabbelte Florian. (Das Leben ist gut zu mir, dachte er.)

«Beweg dich in mir», flüsterte sie.

Er ließ den gulliverschen Kolben langsam und in seiner ganzen Länge hin und her gleiten.

«Oh ... » sagte sie. «Ich spüre, daß ich ...»

«Warte auf mich», bat er, «ich möchte, daß wir zusammen sind.»

Sie bewegten sich vollkommen synchron in einem langsamen Rhythmus. Florians Stöße paßten in Florences Höhle. Bauch an Bauch, Brust an Brust, Mund an Mund, mit verschlungenen Zungen ließen sie sich treiben. Sie wurden von einer Kraft bewegt, die über sie hinausging und doch aus ihnen kam. Florian wußte, in diesem Moment mußte er mehr als jemals sonst seinen Körper sprechen lassen. Er befehligte ihn nicht mehr und gab sich damit zufrieden, ihm in diesem intensiven Ritt zu folgen, im schönsten Spaziergang, den je ein menschliches Wesen machen wird, wie er zu sich sagte.

Er ließ sich gehen. Seine Lendenstöße erfanden nach und nach ihren Rhythmus. Gullivers Kopf blähte sich, sein Körper wurde bauchig. Das Herz hatte die Geschwindigkeit seiner Schläge verdoppelt. Das Blut, das in jeder Parzelle seines Körpers brodelte, schlug unter Florians Haut. All diese aus einer geheimnisvollen Logik erwachsende Kraft, all diese instinktive Energie strömte auf den großen Taumel zu.

Florian spürte, wie die Überschwemmung zu steigen begann.

«Ich ...» brachte er hervor.

«Ja, ja ...»

«Zusammen?»

«Ja ... Ich auch ... Mit dir», stammelte sie.

In einem rasenden Tanz waren sie miteinander verschmolzen.

Er nahm ihre Hand und drückte sie, wie man die Hand eines Sterbenden nimmt, der die große Reise antritt. Und das große Beben ergriff sie, ließ sie taumeln, rollte sie auf dem Strand des Bettes hin und her, dann ließ es sie glücklich und regungslos, mit einem salzigen Geschmack auf der Zunge und Muscheltönen im Ohr liegen.

6

Florians Tasche war gepackt. Wanzen, Miniaturantennen, elektrische Taschenlampe, all das Material, das nötig war, um in den vier Beichtstühlen indiskrete, hellhörige Ohren zu installieren; vier Netze, ausgerüstet mit den ausgeklügeltsten elektronischen Apparaten, sollten es Nazulis erlauben, Geständnisse, Gestammel, Gerede, Gemurmel, kurz alles, was die «Leiter des Bewußtseins» «Sünde» nennen, an der Quelle aufzunehmen.

Das Allumfassende der Bedeutung von Sünde beunruhigte den Önologen sehr, diese Neigung der meisten Menschen, sich selbst anzuklagen, um ein Ja oder ein Nein zu erhalten, für Bagatellen einer schlüpfrigen Reue anheimzufallen, «Schuldgefühle zu entwickeln», wie die Psychos es nennen.

Er seinerseits hatte seit geraumer Zeit das Stadium der Schuldgefühle hinter sich. Er hatte eine gewisse Entwicklung durchgemacht. Jetzt gab er sich Mühe, die subtilen Mechanismen der fortwährenden menschlichen Selbstzensur zu begreifen. Wie konnten intelligente Menschen im 20. Jahrhundert immer noch in ihnen gefangen sein? Was spielte sich in ihren Köpfen ab? Wie also breitete sich dieses tentakelhafte Schuldgefühl aus, das Lust und Genuß umgab?

Um das herauszufinden, mußte man ihnen zuhören. Um ihnen zuzuhören, brauchte man elektronische Wanzen. Um die Wanzen anzubringen, mußte man sich in der Kirche einschließen lassen.

Er hatte also beschlossen, sich über Nacht in Saint-Honoro

einschließen zu lassen. So konnte er die Geräte ungestört installieren.

In seiner Tasche stapelte sich noch eine andere Art Material: verschiedene Sandwiches, zwei Flaschen Châteauneuf-du-Pape sowie eine Flasche Vielle Prune und einige andere Leckereien; Dinge, die einen eine ganze Nacht lang bei Laune halten konnten.

Er kam ein paar Augenblicke vor der auf 20 Uhr festgesetzten Schließung der Türen an. Hinter einer Säule versteckt, wartete er, bis der Küster nacheinander alle Lichter gelöscht hatte.

Das Querschiff, die Deckenlampen, die Nischen der Apostel (schlaft gut, ihr Heiligen) tauchten eines nach dem andern in den Schatten. Das kirchliche Faktotum warf einen letzten Blick umher. Hatte er auch nichts vergessen? Er kratzte sich hinterm Ohr, dann am Hintern, rückte einen Stuhl zurecht, der nicht ordentlich in seiner Reihe stand. Er quietschte auf dem Boden des heiligen Petrus.

Schließlich zog er die große Tür hinter sich zu.

In der verlassenen, ins Dunkel getauchten Kirche hörte man das Echo der zwei Schlüsselumdrehungen widerhallen.

Florian war allein.

Eine Weile blieb er regungslos. Er dachte an Florence, wieder sah er ihr schönes, vom Genuß strahlendes Gesicht vor sich, ihren Körper, ihre aufeinanderfolgenden Orgasmen.

Die ihn umgebende Nacht, dicht und schwarz, wurde nur dort hinten von einem hellen Punkt unterbrochen: von dem roten Lämpchen, das über dem Tabernakel brannte.

Als er klein war, hatte man ihm versichert, daß die rote Lampe, sobald sie brenne, die Gegenwart Jesu anzeige.

«Und wenn man sie ausknipst?» hatte er das alte Fräulein gefragt, das den Katechismusunterricht gab. «Geht Jesus dann weg?»

«Die Lampe brennt immer», hatte sie streng geantwortet.

«Und wenn der Strom ausfällt?»

«Florian, wann wirst du endlich aufhören, dumme Fragen zu stellen?»

«Aber wenn die Lampe ...»

«Schweig. Ich will nichts mehr hören.»

Katechismusunterricht, sagte er sich, ist wie die Armee: man diskutiert nicht ... Man marschiert, gehorcht und hält das Maul.

Er lehnte seine Tasche gegen eine Säule, und um sich Mut zu machen, entkorkte er den Châteauneuf-du-Pape, Jahrgang 1970, ein großes Jahr für den Côtes du Rhône. Der Korken machte ein fröhliches «Plop!», das in dem ganzen Gebäude widerhallte.

Das war ein stark alkoholhaltiger Wein aus Trauben, gereift unter sengenden und von den Steinen des Südens zurückgeworfenen Strahlen. Kaum hatte Florian an dem Glas geschnuppert, als er es schon in einem Zug hinunterstürzte, auf ganz und gar nicht önologische Art. Er war durstig und trostbedürftig.

Er leerte ein zweites Glas, dann ein drittes. Das war ein körperlicher Wein, rund und gehaltvoll, aber mein Gott, wie der reinhaute! Die Kirche erschien Florian plötzlich warm und heimelig. Er leuchtete mit seiner Taschenlampe herum. Der heilige Christophorus mit seinem großen Stab in der Hand und seinem Lamm auf der Schulter lächelte ihn an.

Er knabberte an einem Sandwich, aber er hatte keinen Hunger. Er war immer noch durstig.

Der Clos Saint-Jean war wirklich großartig. Er leerte die erste Flasche und entkorkte die zweite. Der Korken machte «Plop!», mit einem Echo, das die zehn Stufen der Frohsinnsleiter erklomm.

Er rollte den tiefgründigen dunklen Wein in seinem Mund

herum. Er würdigte das ganze Bukett, das von Trauben stammte, die im provenzalischen Glutofen gereift waren.

Strauchelnd erhob er sich und ließ den Lichtschein seiner Taschenlampe um sich her gleiten.

Die Kirche hat trotz allem ihre guten Seiten, sagte er sich euphorisch und betrachtete die Statuen der Heiligen in ihren Nischen. Sie streckten freundschaftlich ihre steinernen Hände aus und schienen Florian anzulächeln.

Wozu bin ich denn eigentlich hergekommen? fragte er sich. Er überlegte.

Er hatte es vergessen.

Und nun den Vielle Prune. Ein Wunder. Ein weiteres Glas. Ein neues Wunder. Ach, was für ein wirklicher, echter Prune! Duftend, geistvoll, begeisternd, voller Hitze.

Plötzlich neigte sich Florians Kopf. Er fiel zu Boden. Er schlief.

Ein Ausruf hallte durch die Kirche.

«Komm und sieh, komm und sieh!» rief der heilige Christophorus. Zehn Meter über der Erde flatterte der Heilige durchs Kirchenschiff.

«Wie machst du das, zu fliegen?» fragte Florian.

«Ich habe mein Lamm und meinen Stab abgelegt, und ich bewege ganz einfach die Flügel – wie die Engel. Komm, komm! Es genügt, die Flügel zu bewegen!»

Florian erhob seine Flügel, und ohne Schwierigkeiten hob er ab.

«Gott der Götter», schrie er, «ich fliege!»

Die beiden Männer schwirrten von einer Ecke der Kirche zur andern.

«Wollen wir einen Ausflug machen?» schlug Florian vor.

«Wenn du willst.»

Sie öffneten ein Dachfenster und stiegen in die gestirnte Nacht auf. Die Place Victor-Hugo entfernte sich, wurde immer kleiner, und bald war sie nur noch ein leuchtender Punkt unter anderen auf der Erde.

Die zwei himmlischen Kosmonauten kreisten wie Vögel am Firmament.

«Ich würde gern weibliche Engel kennenlernen», sagte Florian.

«Weißt du nicht, daß Engel kein Geschlecht haben?»

«Noch nicht einmal ein kleines? Auch nicht ein ganz kleines, winziges, nach nichts aussehendes (aber trotzdem wirkungsvolles)?»

«Nein, gar nichts. Glatter Bauch.»

«Ja, aber, wie machen sie's dann mit ...?»

«Sie machen's nicht», sagte der heilige Christophorus, «sie machen Musik.»

«Musik? Was für Musik?»

«Wenn sie vor Gott sind, singen sie Bach. Wenn sie unter sich sind, Mozart.»

«Und Schubert?» fragte Florian.

«Sie spielen Schubert, wenn sie traurig sind.»

«Werden wir Gott sehen?» fragte Florian.

«Gott?» meinte der heilige Christophorus. «Welchen Gott? Welchen Gott? Welchen Gott?»

Die Stimme verstummte. Er verschwand plötzlich mit einem Flügelschlag.

Mit einem Ruck erwachte Nazulis. Er sah auf die Uhr. Sieben Uhr morgens. Man hatte die Kirchentür geöffnet. Das Geräusch von Schritten war zu vernehmen.

Schnell raffte er seine Sachen zusammen und versteckte sich hinter einer Säule. Eine Gruppe Nonnen kam auf ihn zu. Sie gingen ganz nah an ihm vorbei; ihre Hauben saßen wie große weiße Vögel auf ihren Köpfen. Die letzte des Zuges war ein bißchen abseits, sie ging so nah an Nazulis vorüber, daß ihn der Windhauch ihrer Haube berührte.

Sie bemerkte ihn.

Mit vor Erstaunen geweiteten Augen sahen sie sich eine Sekunde lang an. Es war eine ganz junge Novizin, noch keine zwanzig Jahre alt. Trotz der Strenge ihres Gewandes konnte sie ihre natürliche Pracht nicht verbergen. So schöne Nonnen sieht man nur im Kino, sagte sich Florian geblendet. Sie hatte Augen wie Untertassen aus Porzellan, von einem Blau wie Vergißmeinnicht. Ihre roten, fleischigen Lippen kontrastierten mit der Blässe ihres Teints. Ihr Mund ähnelte erstaunlich dem von Monica Vitti. Aus ihm drangen keine göttlichen Strahlen hervor, sondern ein extrem anziehender, menschlicher Charme.

«Psst!» machte Florian, den Finger auf den Lippen.

Etwas im Blick der jungen Schönheit strahlte auf. Der Zug ihrer Mitschwestern war nun vorn angekommen, in einiger Entfernung. Ein plötzlicher, unüberlegter Impuls ergriff Florian. Er tauchte seinen Kopf unter die Haube, deren eine gestärkte Ecke ihn leicht an der Stirn kratzte, und Stirn an Stirn, Lippen an Lippen, Zunge an Zunge küßte er das junge Mädchen.

Sie war so überrascht, daß sie keine Reaktion zeigte. Der Kuß dauerte schon anderthalb Sekunden an – eine Ewigkeit. Erinnerte sie sich da an den Satz von Baudelaire. «Eine Minute des Genusses für eine Ewigkeit der Verdammnis»? Aber nein! In den Klöstern liest man nicht Baudelaire.

Als der Finger der Zeit auf den Beginn der zweiten Sekunde zeigte, zitterten die Lippen der Nonne und verließen Florians Mund. Die Zeit hatte ausgereicht – denn seine Jägerreflexe waren wach –, die Hand auf die Brüste der engelhaften Eva schlüpfen zu lassen, aber er spürte, daß diese von einer soliden Bandage oder einem ähnlichen Genügsamkeitsverband plattgedrückt wurden. Welch eine Verwüstung! sagte er sich.

Sie floh und ließ den jungen Mann im Zustand mystischer Erhebung zurück – einen Meter über dem Boden schwebend und mit einem Geschmack von Wunder auf den Lippen. Wenigstens wird sie in ihrem Leben einen kurzen Einblick in menschliche Erfahrung getan haben, sagte sich Florian, während er wieder landete, mit dem kann sie sich für lange Zeit ihre einsamen Nächte möblieren.

Nazulis kam in festlicher Stimmung nach Hause. Er nahm eine Dusche und rasierte sich im Rhythmus der *‹Danses allemands›* seines geliebten Schubert.

«Das Leben ist gut!» murmelte er, als er zwei Tropfen Aqua di Selva hinter jeder seiner Ohren tupfte. Der Geruch nach Pinien und Bonbons des Vosges schmeichelte seiner Nase. Er räumte die Schallplatte in ihre Hülle und drückte auf den Knopf «Mitteilungen» seines automatischen Anrufbeantworters.

«Na? Na?» näselte eine weibliche Stimme. «Wir haben uns aus dem Verkehr gezogen? Erinnerst du dich an mich, he? Ich küsse dich.»

Wer ist das nur? fragte sich Florian und kramte in seinen Erinnerungen.

Ergebnislos. Die nächste Mitteilung war von einer lauten, wohltönenden Männerstimme gesprochen worden.

«Grüß dich, mein kleiner Bruder. Ich reise morgen nach Acongagua ab. Kümmere dich um Mama, sie macht sich Sorgen um mich. Wir sehen uns in zwei Monaten. Mach's gut!»

Florians Bruder war ein fanatischer Bergsteiger. Er hatte an der ersten französischen Expedition teilgenommen, die unter der Leitung von Pierre Mazeaud, des ehemaligen Ministers von Giscard, den Everest bestiegen hatte. Sobald er die Möglichkeit hatte, begab er sich im Himalaya oder anderswo auf die Suche nach neuen Gipfeln. Wenn er zu entfernten Gebirgen aufbrach (und wenn Florian seinerseits ans Ende der Welt reiste, um die Bekanntschaft von Javanesinnen, Burmanesinnen, Guinesierinnen oder Amazonen zu machen), errichtete ihre Mutter auf einem Kamin eine Art heidnischen Altar – mit Fotos, Haarlocken, Gegenständen, einem Kleidungsstück –, der den Reisenden während seiner ganzen Expedition beschützen sollte. Das Ritual hatte immer funktioniert.

Das Tonband machte von neuem «Bip», und er vernahm eine wohlbekannte Stimme.

«Tag, Schatz, ich bin's, Ariane. Große Fête bei den Lambertinis morgen abend –» die Botschaft stammte vom Vortag, es handelte sich also um heute abend – «ich möchte, daß du mich begleitest, auf solchen Abendgesellschaften bin ich nicht gern allein. Küßchen, ruf zurück!»

Florian wählte Arianes Nummer.

«Ich bin's, grüß dich», sagte er.

«Mein Schatz, schön dich zu hören. Kommst du zu Lambertinis Fest? Es werden die größten Orgienhaie von Tout-Paris da sein, Kino, Presse, Show-biz, Schauspieler, Sänger ... Toledo wird da sein ...»

«Sabrina auch?» fragte Nazulis.

«Sabrina Ducelli? Ja, und auch Poppy, Mado, Ricon, die River-Berthoux ... All die großen Fêtengänger ...»

«Die River-Berthoux sind mir schnuppe. Wenn Sabrina da ist, komme ich.»

«Aber du kümmerst dich auch ein bißchen um mich, sag, mein Schatz? Mmm?»

«Mmm.»

«Ich hole dich heute abend ab, um 22 Uhr ... Ach, ich habe etwas vergessen. Das Thema der Fête ist: die Tiere. Verkleidung oder Maske, mach was du willst. Ich komme als Mickey.»

«Ich mag Verkleidungen nicht», sagte Florian.

«Nur dies eine Mal», quengelte sie, «streng dich ein bißchen an! ...»

Er überlegte eine Sekunde.

«Ich werde als Elefant kommen», sagte er.

Avenue Foch, zwei Schritte vom Étoile entfernt, ein schönes Gebäude mit Blick auf einen kleinen Garten. Die drei oder vier Prostituierten vom Dienst, die an ihren 150 Metern reservierter Seitenallee klebten, sahen ungläubig zu, wie in kleinen Gruppen eine ganze Arche Noah bei den Lambertinis eintrudelte.

Dschungel-Tiere, Löwen, Panther, Tiger, verschiedene Vögel, Strauße mit blumengarnierten Hintern, Bären mit dickem Fell, mehrere Affen mit erstaunter Maske und selbst ein kleines, ganz rundes Männchen in der Maske eines rosa Schweins.

Hugo Lambertini, der berühmte italienische Milliardär, der europäische König des *prêt-à-porter,* besaß eine der schönsten Wohnungen von Paris. Er liebte es, dort in regelmäßigen Abständen üppige, fröhliche und orgienhafte Feste zu geben. Dazu lud er alles ein, was die Hauptstadt für extreme Ausschweifungen zu bieten hatte, die schönsten Frauen, die perversesten jungen Mädchen, die verrücktesten Männer, die feinsten Köche. Ein fröhliches Gewirr erfüllte den großen Empfangssalon: freundschaftliche Begrüßungen, Komplimente über das Outfit, spitze Frauenschreie, Gelächter, Ausrufe ... Die Nacht heizte sich auf.

In einer Ecke spielte ein in weiße Satinanzüge gekleidetes Musikquartett Jazzmelodien: ein Piano, ein Kontrabaß, ein Saxophon, ein Schlagzeug.

Die Gastgeber empfingen Ariane und Florian mit italienischem Überschwang. Hugos Kopf zierte eine großartige Pferdekopfmaske, deren weiße, seidige Mähne ihm bis auf die Schultern fiel. Um seine Gäste zu begrüßen, hob er die Maske hoch, küßte Ariane die Hand, schüttelte die von Florian und verwandelte sich zurück in ein Pferd.

«Was für eine Freude, euch zu sehen!» rief er geschwätzig aus. «Ariane-Mickey, du bist immer noch so schön. Sie kennen meine Frau, Gulietta?...»

Gulietta hatte sich eine erstaunliche Sammlung vielfarbiger Federn zusammengestellt, die ihr ein exotisches Vogelgesicht verliehen.

Florian küßte die Hand des Vogels. Mit Kennerblick schätzte er die nicht verkleideten Formen des Vogels ab. Ein hübscher, gut erhaltener Körper, sorgfältig gepflegt, kürzlich unter der Lampe oder in den Tropen gebräunt. Wie gut sie ihren Körper bewegte, dieser Vogel Gulietta! Und ihr Blick war lebhaft!

«Fühlen Sie sich wie zu Hause, essen Sie, trinken Sie, tanzen Sie, amüsieren Sie sich!» fuhr der italienische Hengst munter fort.

Er verließ sie – *«Scusì, scusì!»* –, um eine Hirschkuh in Begleitung eines Hirschs mit beeindruckendem Geweih zu begrüßen. Das Paar schien gerade eben aus dem Unterholz hervorzukommen. Sie hatten den unruhigen Blick der Tiere des Waldes, die den Schritt des Menschen vernehmen.

«Schade, daß du nicht verkleidet bist», sagte Ariane, während Florian sie zu einem prunkvollen Büfett führte, wo sich gastronomische Wunderwerke anhäuften.

«Nicht verkleidet?» meinte er, indem er ein Schiffchen mit Kaviar verschlang. «Du wirst schon sehen.»

Sie machten einen Spaziergang in den Garten, wo ein anderes Büfett angerichtet war. Florian leerte eine Flöte Dom Périgord und nahm ein weiteres Schiffchen mit Beluga. Ja, sagte er sich, als er die Körner sacht unter seinen Zähnen krachen fühlte, das Leben ist gut zu mir.

Sie flanierten durch die zahlreichen Zimmer der riesigen Wohnung. Halbnackte Tiere verfolgten sich lachend in den Fluren. Unter ihren Verkleidungen zappelten die Frauen und stießen spitze Schreie aus, die den sie umgebenden Dschungel erregten. Man begegnete sich, man stieß sich an, man streichelte sich, man küßte sich.

In einem blau erleuchteten Zimmer ließ sich eine Mickey-Maus («Noch eine!» rief Ariane verärgert aus), auf dem Boden ausgestreckt, mit hochgeschlagenem Kleid, von dem Kleinen-rosa-Schweinchen-Mann bespringen. Dieser war ganz außer Atem und bemühte sich, seine Partnerin mit den schwarzen Ohren zu befriedigen, was ihm jedoch nicht gelang.

«Sehen Sie sich doch woanders um!» rief ihm wütend und frustriert die andere Mickey-Maus ins Gesicht.

Er schob die Maske mit dem lachenden Schweinerüssel hoch, doch sie blieb oben auf seinem Kopf sitzen. So bot er das Bild eines doppelten Schweinekopfs: der falsche, lachend und rosig, und der echte, unglücklich und rosig.

In einem anderen Zimmer beleuchteten siebenarmige Kandelaber ein in aller Ruhe vögelndes Paar.

Die fast nackte, mit einem schlichten Pantherfell bedeckte Frau, die auf allen vieren auf dem weißen Teppich hockte, hatte ihren großartigen und pausbäckigen Hintern erhoben (Aber ich kenne diesen Arsch! rief Florian innerlich aus) und bot ihn den Schwanzstößen eines sehr behaarten Mannes dar. Er trug einen Stierkopf, dessen Glasaugen mit seltsam gelbem Glanz strahlten. Das Schauspiel war ganz außergewöhnlich – der Stier deckte die Pantherin.

Die Frau, sie auf den Knien, auf ihre Hände gestützt und mit gespreizten Beinen, ließ es sich schweigend besorgen. Die vierzehn Flammen des Kerzenleuchters flackerten. Aus dem Salon drangen die Klänge des Quartetts, das ein Stück von Thelonius Monk begonnen hatte. Der Mann schnaufte unter seinem Stier-Aufputz.

«Florian! Du bist's!» schrie die Pantherin.

«Sabrina! Mein Schatz!» rief er aus.

Er beugte sich zu der schönen Sabrina, um ihr zwei Küsse auf die Wangen zu geben, während sie ihre Position beibehielt und von dem Rind fest umklammert wurde. Noch war er nicht zum Schluß gekommen, er stieß mit der Regelmäßigkeit eines normannischen Uhrpendels weiter.

«Ach, was freut es mich, dich zu sehen!» sagte Sabrina.

Florian erledigte das Vorstellen, wobei er den Paarhufer übersah, der unablässig keuchte.

«Ariane, das ist Sabrina, die Schönste! Aber vielleicht kennt ihr euch schon? ...»

«Kaum», sagte Ariane, die zähneknirschend lächelte. Instinktiv streckte sie die Hand aus, und augenblicklich wurde sie sich der Absurdität ihrer Geste bewußt. Um sich Haltung zu geben, rückte sie ihre runden Ohren wieder gerade, indem sie abwechselnd am einen, dann am andern zog.

«Und was macht die Arbeit, geht's immer noch gut?» fragte Sabrina. «Deine Abhandlung über den Hintern, deine Weine, deine Artikel ...?»

Das gehörnte Tier fuhr fort in seinen Hinundherbewegungen, ein Fremder in diesem Gespräch, das sich neben ihm entspann.

«Ist Poppy da?» fragte Sabrina und bot das Hinterteil noch immer dem Anstoß dar, der in dem Rhythmus eines Metronoms fiel: eins-zwei, Pause, eins-zwei, Pause, eins-zwei ...

«Ich habe ihn noch nicht gesehen», sagte Nazulis. «Und du? Bist du mit deinem Mann gekommen?»

«Er ist da hinten», sagte die Pantherin mit einer Bewegung des Kinns. «Im Moment ist er besonders eklig zu mir ... von einer unangenehmen ...»

«Die Ehe», schloß Florian in überzeugtem Ton.

Als ein Engel vorbeiging, duckten sich die Flammen der Kerzen. Begleitet vom Kontrabaß spielte das Piano eine alte Melodie von Louis Armstrong.

Ein Ober, das Tablett in der Hand, bot Champagnerflöten an.

«Kannst du mir ein Glas zur Seite stellen?» fragte Sabrina, den Kopf zu Florian gewandt. «Für den Moment bin ich ... beschäftigt.»

Der mechanische Stier hielt plötzlich in seiner Wiegebewegung inne und machte dem Ober mit schnipsenden Fingern ein Zeichen, heranzukommen. Er hob die Arme, faßte die Maske bei den Hörnern und zerrte sie von seinem Kopf. Immer noch stieß er Seufzer aus.

«Das ist Jean-Pierre Soudard, der Ansager vom ersten Fernsehprogramm!» flüsterte Florian Ariane ins Ohr.

Immer noch kniend und in den rosigen, apfelbäckigen Knallkörper versenkt, würdigte Soudard Nazulis und Ariane keines Blicks – oder er wagte es nicht, seine Augen auf sie zu richten. Mit schweren Lidern, finsterem Blick und zerzaustem Haar starrte er gerade vor sich hin ins Leere. Derselbe Blick wie der von McEnroe in den Pausen, er macht sich leer, sagte sich Florian.

Soudard nahm eine Flöte von dem hingehaltenen Tablett, leerte sie und stellte sie zurück. Dann ergriff er wieder den massiven Kopf bei den Hörnern und setzte ihn sich auf. Er hatte keinen Blick für Sabrinas Freunde gehabt. Er hat das Bedürfnis, sich zu verstecken, dachte Florian, er wahrt das Markenzeichen!

Von der Maske geschützt nahm der Minotaurus seine feilenden Bewegungen wieder auf, die Hände an die Hüften der schönen Katze geklammert. Rein-raus, Pause. Rein-raus, Pause ... Er war ausgerüstet mit einem Stößel von mittlerer ehrenwerter Größe, der aus einem schwarzen Wald aufragte, an dessen Rand die Kastagnetten schaukelten; eine war von beachtlicher Größe, die andere kleiner.

«Er ist besser als im Fernsehen», flüsterte Florian Sabrina ins Ohr.

Sie prustete, noch immer auf ihre Unterarme gestützt.

«Das heißt», fuhr Florian fort, «hier ist er kraftvoller.»

Soudard war der ätzendste Kommentator aller Sender. Seine großen, haarigen Pfoten auf jeder Seite des Mikros auf den Tisch gestützt, seine schweren Augen auf die Kamera gerichtet, so lastete er jedes Wochenende auf ganz Frankreich.

Bedächtigkeit im Kommentar, unausrottbare Seriosität, freudige Unterwürfigkeit des geprügelten Köters, so repräsentierte dieser Soudard vom ersten Programm das Extrem der normierten Unpersönlichkeit.

Mit gesenkten Hörnern legte sich der Paarhufer immer noch in die Riemen, benommen von seinem endlosen Rein und Raus.

Florian blinzelte Sabrina zu.

«Wenigstens hier hält er das Maul», schloß er.

Nazulis hatte Durst. Aufs neue machte er eine Runde in Richtung Büfett. Ariane folgte ihm. Sie wich keinen Schritt von seiner Seite.

«Hast du nicht Lust ... dich etwas zu amüsieren?» fragte er.

«Willst du?» fragte sie. «Mit mir?»

«Im Moment habe ich erst mal Durst. Ich zeige dir meine Verkleidung nach dem Champagner.»

Sie durchquerten noch einmal die Wohnung. Die erotische Hitze war weiter gestiegen.

Ein mitten im Flur auf dem Rücken ausgestreckter Orang-Utan ließ sich von einer Antilope mit zarter Taille das Kasperle kitzeln. Ihre schwarzen Augen waren von großer Sanftheit. Ihre gebogenen Hörner bewegten sich im Rhythmus der Liebkosung. Währenddessen huldigte derselbe Affe mit der Zunge einer blonden, sehr schönen Frau, die über ihm hockte. Ihre ganze Kleidung bestand aus einer schwarzen Wolfsmaske, die nur die obere Partie ihres Gesichts bedeckte. Über den Affenmund gekauert, befand sie sich in der Position, die Frauen einzunehmen pflegen, wenn sie in die Büsche gehen. Aber gerade jetzt schien sie an ihr weit mehr Vergnügen zu finden. Dann wechselten die Tiere ihre Stellung; die Blonde stieg auf die Hirschkuh und der Affe auf die Blonde.

«Das ist bezaubernd!» befand Florian gerührt.

Etwas weiter, im großen Zimmer, das an den Salon angrenzte, war der Karneval der Tiere auf seinem Höhepunkt angelangt. Etwa fünfzehn in allen Positionen ausgestreckte Paare beschnupperten sich, leckten sich, schlüpften ineinander, trennten sich, begannen woanders wieder. Fast alle hatten ihre Verkleidungen und Masken abgenommen.

Florian erkannte einen Minister, eine Ansagerin vom zweiten Programm, einen berühmten Theaterschauspieler und einen Medizinprofessor, der einem Cowboy ähnelte. Der Dschungel bewegte sich heftig. Rascheln, Geräusche wilder Tiere, Klagen, Gleiten, Geplätscher, manchmal ein kurzer Ausruf, nie ein Wort.

Die Nase des Önologen vibrierte, rümpfte sich. Florian verzog das Gesicht: vor allem der Geruch von Menschen verursachte ihm Unbehagen. Er beschloß, die animalischen Gerüche zu vergessen.

Er verspürte das Bedürfnis, sich in Stimmung zu bringen. Er ging eine Flasche Champagner holen und bewahrte ihn in einer sicheren Ecke auf. Nachdem er nacheinander drei Gläser geleert hatte, zog er sich aus.

«Sieh dir meine Verkleidung an», sagte er zu Ariane.

Er ließ seine Hose herunter. Ariane öffnete verblüfft den Mund, ihr Blick wurde starr.

«Aber ... aber ...» machte sie.

7

«Nicht schlecht, was?» sagte Florian.

«Aber ... Der sieht aus wie echt!» rief Ariane aus.

«Ja. In dreifacher Größe.»

«Wo hast du ...?»

«Der kommt aus Hongkong. Geschenk eines Freundes. Ich habe ihn nie ausprobiert, aber ich finde, er steht mir gut. Was denkst du?»

«Für eine Verkleidung ist das grandios», befand die junge Frau.

«Aus besonderem Plastik modelliert, mit organischem, sehr schmiegsamen Material überzogen ... Faß mal an!»

Sie traute sich nicht. Es war zu monströs.

Er drückte ihn ihr in die Hand.

«Man könnte meinen, er sei echt», staunte sie, «die Elastizität, die Farbe, die rosa Spitze ...»

«Dieser hier reicht bis zu den Knien! Das ist der einzige Unterschied!»

Nachdem er noch zwei oder drei Gläser Dom Périgord getrunken hatte, spazierte er zwischen den Paaren herum, um die Wirkung auszuprobieren, die seine elefantöse Verkleidung hervorbrachte. Er ging ganz nackt und ungezwungen, die Hinterbacken und den Rest aufgereckt – ziemlich wichtigtuerisch. Die Paare, an denen er vorbeikam, lösten sich voneinander und folgten ihm mit den Augen. Die verschlungenen Körper fuhren auseinander. Die Gäste stießen sich ungläubig mit den Ellbogen an.

Im Raum breitete sich Stille aus.

Florian räusperte sich, als wolle er eine Rede halten. Alle Augen waren auf ihn gerichtet. Nur ein Vierzigjähriger fuhr in seiner Ecke fort zu bumsen, so sehr war er von den schelmischen, rothaarigen Reizen eines Nymphchens in Anspruch genommen.

Nach einer Weile spürte der Vögelnde, daß eine seltsame Stille im Raum um sich griff. Er wandte den Kopf, und verblüfft bemerkte er den aufrecht da stehenden Nazulis, der ihn mit strengen Blicken maß. Die arrogante Attrappe schwankte.

Der Typ zog die Schultern hoch, nahm plötzlich seine Lolita bei der Hand und verschwand. Ich muß seine Komplexe aufgefrischt haben, sagte sich Florian, den solche Reaktion erstaunte. Mit der zwischen seinen Beinen schaukelnden Attrappe ging er sich aufs neue seine Champagnerflöte füllen. Er torkelte ein wenig, aber er behielt den Kopf klar.

In der ganzen Wohnung hatte sich das Gerücht verbreitet, da sei «ein Mann, der ... dem ... so groß ... phänomenal ...». Man war herbeigekommen, und zahllose versteinerte Augenpaare erglänzten beim Anblick des wunderbaren Schauspiels.

Nazulis war ganz zufrieden mit seiner Wirkung. Er ließ den Blick durch den Raum schweifen, wo man sich drängte, um den Wunderknaben zu sehen. Vor allem die Männer schienen vor Verblüffung wie gelähmt zu sein. Einige sahen geradezu krank aus. Mit schamverwüstetem Gesicht versuchten sie, ihren Dämelack hinter zusammengehaltenen Händen zu verbergen; sie formten aus ihren Fingern ein Nest, um das tote Vögelchen zu schützen, das ihnen vom Unterleib herabhing.

Die Frauen dagegen schluckten an ihrem Speichel und machten große Augen.

Die Stille lastete, denn auch die von dem Wunder informierten Musiker waren herbeigeeilt. Man hätte den Flug einer Fliege hören können.

Nazulis stieg auf einen Stuhl und hob das Kinn mit einer Mussolini-haften Bewegung.

Die Menge hatte in respektvoller Entfernung einen Kreis um ihn gebildet.

«Er wird sprechen, er wird sprechen!» murmelte man.

Der-Mann-mit-dem-Schwanz-eines-Pferdes räusperte sich und begann seine Rede.

«Meine Damen und Herren, nur ein Wort, denn ich will Ihren Spaß nicht länger stören.

Ihr Schweigen und Ihre Verblüffung überraschen mich. Durch das Zur-Schau-Tragen dieses großartigen Anhängsels habe ich in Ihnen offenbar etwas sehr Starkes, sehr Konfuses, sehr Geheimes getroffen.

Alle kleinen Jungen haben, unter Freunden, Schwänzchen-Wettbewerbe veranstaltet. Wer den längsten hatte, verdiente den Respekt aller. Glauben Sie, bei Erwachsenen verhielte es sich da anders?

Niemand entkommt der phallischen Faszination. Das Zepter der Könige, der Stab Ludwigs XIV., der Marschallstab, die militärischen Kanonen, die Menhire, die Obelisken und heute die in den Himmel oder auf den Feind gerichteten Raketen: Sieger ist, wer die schönsten Geschütze hat.

Was, meine Damen und Herren, bedeutet die allgegenwärtige und immerwährende Verehrung der männlichen Trompete oder ihrer symbolischen Darstellung für den Mann?

Meine Damen und Herren, ich bitte hier um Ihre ungeteilte Aufmerksamkeit, denn wir sind am Knotenpunkt des Themas, an dem die Dinge sich ver- und entwirren – ich sehe hier einige Psychoanalytiker, die mir sicherlich nicht widersprechen werden. Der Galgenstrick, den Sie zwischen meinen

Beinen sehen, hypnotisiert Sie, denn er ist der Symbolträger der menschlichen Kraft.

Und da ist die Falle, da liegt der Irrtum, über den alle Welt stolpert: DAS SYMBOLISCHE IST NICHT DAS WIRKLICHE. Enorme Schwänze bedeuten in keiner Weise enorme Potenz. Manchmal gehören ganz unscheinbare Dinger zu überaus kraftvollen Männern. ‹Lieber ein kleiner, der zappelt, als ein großer, der pennt›, sagte Madame Colette, die sich mit den Männern auskannte. Napoleon, der so gerne schoß, war mit einer kaum 10 Zentimeter langen Patronenhülse ausgerüstet: einem Kinderschwanz. Umgekehrt sehen Sie stumpfe und impotente Dummköpfe ihre 30 Zentimeter hängenden Fleischs herumtragen.

Sehen Sie sich die Nudisten an den Stränden oder in der Music-Hall an, die enorme, geölte Muskeln hervorspringen lassen. Sind sie die Stärksten? In ganz gleich welchem Kampf, egal welchem Sport halten sie einem kompetenten Gegner mit ‹normalen› Muskeln nicht eine Minute stand. Ihre Schwellung ist nichts als Wind und Bluff.

Also, meine Damen und Herren, dies Modell, das zu tragen mir heute abend Spaß gemacht hat – da das Fest sich ja durch tierische Verkleidung auszeichnet –, dieses Teil, das Sie so sehr fasziniert hat, ist auch nur Wind. Sehen Sie her!»

Nazulis drehte die Befestigungsklappe und zog kurz an dem Rohr. Es gab ein leichtes «Blopp!».

«Oh!» machte die plötzlich befreite Versammlung.

Gulliver, der Tapfere und Echte, Gulliver-der-Normale, kam wieder zum Vorschein. Die Komödie war zu Ende.

Befriedigtes Rumoren war zu hören. Der Saal erhitzte sich wieder. Aufs neue nahmen sich die Paare, die Trios und Quartette formierten sich wieder. Die Champagnerkorken knallten von neuem. Die Panik hatte sich gelegt.

«Sie sollten in die Politik gehen, Sie sprechen gut», sagte Sabrina, die herangekommen war, nackt und schimmernd unter ihrem Pelz.

Florian räumte den Stuhl weg, der ihm als Tribüne gedient hatte.

«Mit Sicherheit nicht», antwortete er. «Ich hänge zu sehr an meiner Seele. Kommen Sie, trinken wir ein Glas.»

Ariane folgte ihnen; ihre unglückselige Mickey-Haube saß ihr noch immer auf dem Kopf, mit diesen verdammten Ohren, denen es nicht gelang, die gleiche Höhe zu halten, und die immer zur einen oder zur anderen Seite herunterhingen. Sie gingen zum Büfett im verlassenen Garten. Die Nachtluft war frisch. Sabrina drängte sich fröstelnd an den immer noch nackten Florian. Ihre Haut berührte sich.

«Kommen Sie», sagte sie, «wärmen wir uns wieder auf.»

Auf Schritt und Tritt von Ariane-Mickey gefolgt, suchten sie in der Wohnung nach einer stillen Ecke, einem leeren Bett. Umschlungene oder eingeschlafene Paare lagen überall auf dem blanken Fußboden. Fast alle hatte die Masken und Verkleidungen abgenommen. Dann allerdings bemerkten sie Soudard-Stierkopf, der die Hausherrin im großen Salon mit seiner Dieselmotor-Regelmäßigkeit beritt.

«Was für eine Gesundheit!» staunte Sabrina.

«Ist er gut?» fragte Mickey.

«Er ist sehr mechanisch.»

«In jedem Fall», bemerkte Florian, «ist er im Begriff, eine Heldentat zu vollbringen. Er hält seine Anonymität bis zum Schluß aufrecht. Es wundert mich, daß er noch nicht erstickt ist.»

Noch ein anderer hatte seine Maske aufbehalten; zweifellos glaubte er, in dieser Erscheinung verführerischer zu sein: Piggy, das Schweinchen. Auf der Suche nach Liebe irrte er mit lachendem Rüssel von Zimmer zu Zimmer. Aber sein dickbäuchiger kleiner Körper brachte ihm keinen großen Erfolg ein.

«Der arme Kleine», murmelte Mickey.

«Er hätte sich von Kopf bis Fuß verkleiden sollen», sagte Florian, «dann hätte er mehr Glück gehabt.»

Eben da kam Piggy auf sie zu.

«Man amüsiert sich, hihi!» meinte er mit seiner spitzen, von der Maske erstickten Stimme.

Ohne Umstände begann er, Sabrina und Ariane in die Brüste zu zwicken.

«Wollen wir uns amüsieren, he? Gehen wir?»

Pantherin, Mickey und Florian verschwanden schnellstens ins Hintere der Wohnung.

Auf dem Boden lagen abgeworfene Tierhüllen, Kleider, BHs, Flügel, Höschen, Federn herum, während ihre Besitzer in geringer Entfernung hingegossen schnarchten, schlummerten oder sich immer noch sacht in den letzten Zuckungen der Wollust bewegten.

Eine junge Frau ging völlig nackt und mit zerzaustem Haar, mit einem Joint zwischen den Fingern und vagem Blick an dem Trio vorbei. Über die ausgestreckten Körper hinweg ging sie ihren Weg, mit schlafwandlerischer Bestimmtheit. Während sie sich entfernte, bemerkten sie die rote Papierrose, die sie zwischen den Hinterbacken trug. Poesie oder Politik? fragte sich Nazulis. In jedem Fall ist sie zu

Die zwei Frauen und der junge Mann fanden schließlich ein kleines, leeres Zimmer mit einem großen Bett, auf dem ein bunter Überwurf lag. Sie streckten sich aus, Florian in der Mitte, Sabrina zu seiner Rechten, Ariane zur Linken.

Erstaunt von Sabrinas Geruch reckte Gulliver den Kopf. Ihrer Haut entstieg ein betörendes, natürliches Parfum von Meersalz. Bei keiner Frau hatte Florian eine solche Konzentration von Frische angetroffen. Es war dieser außergewöhnliche, salzige Geruch, der ihn beim ersten Zusammentreffen mit der jungen Frau so sehr verführt hatte. Es war ihm nicht die Zeit geblieben zu zögern.

Die Pantherin-Katze legte sich hin, streckte ihre Glieder, rollte mit der Schulter unter der Liebkosung eines Florian, der sie mit glücklicher Nase beschnupperte. Er löste die Schnüre der Raubtierhaut und nahm sie ab. Ariane entfernte ihrerseits ihre Mickey-Maske und schüttelte den Kopf, um ihr langes dunkles Haar zu befreien, das sie in duftenden Locken umgab (Magie Noire von Lancôme), aber der Schnüffler war anderswo; stumm vor Bewunderung war er über Sabrina gebeugt. Sie hatte einen wunderbar glatten blonden Körper mit langen, fein befestigten Muskeln. Unter ihren Armen war die kleine, seidige Insel sorgfältig bestellt: nicht zu groß, nicht zu lang ... Wie gut sie nach Salz roch! Gulliver, in pathetischem Schwung gespannt, bereitete sich auf das Fest vor.

Sacht den Kopf schüttelnd streichelte Florian Sabrinas Bauch mit seinem Haar. Sein Gesicht stieg zu dem blonden Vorgebirge hinab. Er bereitete sich darauf vor, ihre Öffnung zu spreizen, als er sich an Soudard erinnerte. Blitzartig sah er die Stiermaske vor sich mit den gelben Augen, dem sich hin und her bewegenden Schwengel, dem kleinen Schädel, auf dem ein dümmliches Lächeln hauste.

Alles in allem zog er es vor, wieder zu Sabrinas Gesicht hinaufzusteigen, und legte die Lippen auf die ihren, während Gulliver sich seinen Weg durchs Dickicht suchte.

«Wen hast du heute abend geküßt?» fragte Florian.

«Mit meinem Mund?» fragte Sabrina. «Niemanden. Ich habe mich bloß von drei oder vier Tieren decken lassen. Ich habe keinen einzigen Kuß getauscht.»

«Gut», murmelte Florian.

Er küßte sie lange. Ihr Mund schmeckte wie eine Frucht.

Währenddessen hatte auch Ariane, um nicht untätig zu bleiben, ihr Gesicht zu dem tändelndem Murmeltier herabgebeugt und begann es mit kleinen Zungenstößen zu lecken. Da sie nie fernsah, hatte sie von der Allergie gegen Soudard nicht erfaßt werden können. Unter dem goldenen Gestrüpp vollführte ihre Zunge Kreisbewegungen, womit sie Seufzer des Vergnügens auslöste, die Sabrina in Florians Mund hauchte.

Gulliver, der noch immer seinen Weg durch das blonde Dickicht suchte, traf auf Arianes Mund. Die Lippen der jungen Frau verließen für einen Moment die weiche Feuchte, ergriffen die gespannte Lanze, deren Ende vor Ungeduld zitterte. Arianes Zunge bewegte sich hin und her über dem rosigen Dom des Tieres. Florian und Sabrina fuhren unterdessen fort in ihrem Kuß, den sie hin und wieder für kleine, zärtliche Sätze unterbrachen.

«Ich habe Lust auf dich», murmelte er.

«Ich will dich!» hauchte sie.

«Du gefällst mir, du bist schön, du bist ein Engel, du ...»

Sie überfiel Nazulis' Mund, verschlang ihn in einem unendlichen Kuß. Gulliver konnte nicht mehr. Hier oder da, er mußte explodieren. Ariane fühlte ihn kommen. Ihre Liebkosung wurde nachdrücklicher, ihre Bewegung schneller. Aber mit einem Stoß seiner Lenden entzog sich Florian und tauchte in die geöffnete und tropfende Sabrina ein.

Erschreckt von soviel Lust stieß sie einen Schrei aus.

Wie ein Unterwasser-Schwimmer stieß Gulliver in großen Zügen in die seltsame und stille Welt unterhalb des Deltas vor. Von Florian abwechselnd gezogen und geschoben, ließ er sich gehen und von der Dünung wiegen, die sie alle mit sich forttrug.

Ariane, die entschieden nicht inaktiv bleiben wollte, leckte ihren Zeigefinger und führte ihn zwischen Nazulis' Hinterbacken ein.

«Eh!» schrie er. «Vorsichtig!»

Er spürte, daß er sich bei diesen Methoden nicht mehr lange würde zurückhalten können.

«Ich werde gleich kommen, Sabrina», sagte er.

Da ergriff Ariane eine von Florians Händen und führte sie an den Pelz ihrer Miezekatze, wo sie ihr eine schnelle Bewegung auferlegte. Nazulis streckte den Mittelfinger aus und in ihre Muschi hinein.

«Gleich komme ich», wiederholte Florian.

Sabrina drückte ihn fest in ihre Arme und streckte ihm ihren Bauch so weit sie konnte entgegen.

«Ich auch», hauchte sie.

«Ich auch», fügte Ariane hinzu.

Sie kamen alle drei fast gleichzeitig zu ihrem Genuß. Natürlich jeder auf eine andere Art. Eine der beiden Frauen schrie ein wenig, die andere seufzte in unterdrücktem Schluchzen, Florian zitterte vor brennender, aber stiller Lust.

Das Erlebnis des Orgasmus ist niemals dasselbe.

«Wachen Sie auf!»

Eine Hand schüttelte das in Schlaf versunkene Trio: drei verschlungene Körper, sechs vermischte Arme und Beine.

«Los, wachen Sie auf», wiederholte Hugo Lambertini. «Es ist 6 Uhr!»

«Was ... Was gibt's?» stammelte Florian, der vor Müdigkeit das Gesicht verzog.

«Wir frühstücken bei R. Ziehen Sie sich an. Wir warten auf Sie.»

R. war ein junger, dynamischer und vorsichtiger Staatssekretär, ein Mann der Politik, der immer wußte, woher der Wind wehte, und der sich immer im rechten Moment antreiben ließ. Er bewohnte eine dreigeschossige Wohnung nahe der Bastille. Auch er besaß den Ruf eines soliden Partygängers. Er hatte all die Davongekommenen, die noch hier und da bei seinem Freund Hugo herumschwirrten, zu sich eingeladen.

«Wir fahren alle mit der Métro hin!» verkündete Lambertini.

«Mit der Métro?» staunte Florian und rieb sich die Augen.

«Ja, das ist demokratisch, nicht wahr? Als ich letztes Mal die Métro genommen habe, das war ... das war ...»

Der Milliardär kratzte sich die Stirn und grub in seinen Erinnerungen.

«... Das war vor 1981. Ja, ich hab's: im Oktober 1980 ... Eine begeisternde menschliche Erfahrung ...»

«Los, los!» riefen die Gäste, die ihre tierischen Verkleidungen mit menschlichen Kleidungsstücken vertauscht hatte: mit pailettenbestickten Abendkleidern, zerknautschten Smokings, einige auch mit Bluejeans oder Tennisschuhen – man hatte die Schubladen geleert.

Die Gruppe der 45 Davongekommenen dieser Nacht trat in die frische Morgenluft hinaus. Zu dieser Stunde lag die Avenue Foch verlassen da. Nur eine alte Prostituierte mit enorm angemaltem Mund wartete geduldig auf alles, was da kommen mochte. Lachend grüßten sie sie und wandten sich zur Place de l'Étoile, einige torkelnd, einige tanzend, einige singend, einige strauchelnd.

Aus der Ferne ähnelten sie einer Gruppe von Feiernden aus einem Fellini-Film. Nur die Musik von Nino Rota fehlte.

Sie kamen auf dem Bahnsteig der Station Étoile-Charles-de-Gaulle an, als der Sechs-Uhr-dreiunddreißig-Zug in Richtung Vincennes in den Bahnhof einfuhr.

Die wenigen in den Wagen verstreuten Arbeiter und Angestellten sahen zu, wie die luxuriösen Gestalten sich in den ersten Wagen drängten.

«Das ist wunderbar!» rief Gulietta Lambertini händeklatschend aus, wobei sie 400000 Francs funkeln und klirren ließ, die sie in Form von Diamanten und Smaragden an ihren Handgelenken und am Hals trug. «Das ist wunderbar! Die Métro, was für ein Abenteuer!» schwärmte sie.

«Ist das nicht etwas gefährlich, all diese Juwelen dem Neid der Armen auszustellen?» fragte Hugo einen seiner Freunde, den Chef einer Fabrikkette. «Sie sind natürlich gut versichert, aber ...»

«Beunruhige dich nicht», antwortete der Freund. «Um 6 Uhr morgens gibt es in der Métro weder Einbrecher noch Diebe, noch Vergewaltiger. Was könnten sie erbeuten? Sieh dich doch um!»

Die Fahrgäste dieses frühen Morgens hatten sich auf ihre Bänke gelümmelt, ihre Augen waren schwer von all den fehlenden Schlafstunden, und ohne jede Reaktion beobachteten sie diese Wesen aus einer ganz anderen Welt.

«Die rollen jetzt auf Kautschuk!» staunte Hugo. «Als ich letztes Mal gefahren bin, waren die Räder noch aus Stahl.»

«Selbst wenn sie aus Nordafrika kommen, verdienen diese Leute etwas mehr Komfort, nicht wahr?»

«Ach! Was für ein Abenteuer!» schrie Gulietta. «Ich liebe die Métro, das regt mich auf.»

Taumelnd lief sie durch den Wagen und betrachtete die Arbeiter, die Angestellten, die Ausländer, als kämen sie von einem anderen Planeten. Sie sah sie sich genau aus der Nähe an, mit hingerissener Aufmerksamkeit, als seien sie Außerirdische. Sie erlebte ihre Seite des Geschichtsbuchs.

«Oh, wie mich das aufregt!» rief sie und verdrehte die Augen.

Sie näherte sich Soudard, der seine Maske noch immer

nicht abgenommen hatte. Er würde bis zum Schluß anonym bleiben. Zwischen diesen fröhlichen Métro-Benutzern war er der einzige, der sich gut aufrechthielt.

«Nimm mich noch mal!» sagte sie und hob ihr Kleid hoch. Ihre nackten kleinen und gebräunten Hinterbacken wurden sichtbar.

«Ich ... Ich kann nicht!» protestierte der Journalist und schüttelte seine Hörner. «Ich kann nicht!»

«Ich will aber», forderte sie.

Der Wagen fuhr in die Station Concorde ein. Zwei Ausländer stiegen mit diskret gesenktem Kopf aus. Ein anderer stieg ein, er hatte einen kleinen Schnurrbart, ein zerfurchtes, von Bartstoppeln blaues Gesicht und Ringe unter den Augen. Er bemerkte diese ganze schöne Welt in ihrer grandiosen Festlichkeit, in ihren schönen Kleidern, mit ihren feuersprühenden Juwelen, ihren nackten Beinen, ihren Fingern, die goldene oder edelsteinbesetzte Ringe trugen und Champagnerflaschen hielten, und dieses stierkopfgeschmückte Wesen da ... Es blieb ihm gerade die Zeit, vor dem Türschlußklingeln in einen anderen Wagen zu stürzen.

«Nimm mich!» wiederholte Gulietta, als sich der Wagen in Bewegung setzte.

Sie hatte sich mit hochgeschürztem Kleid an Soudard geschmiegt, die Arschbacken an seinen Reißverschluß gepreßt, den sie aufgemacht hatte.

«Ich kann nicht ...» flehte er.

«Du kannst! *Cretino!*» heulte sie.

Einige Meter von ihnen entfernt beobachteten ein paar weiße (vielmehr graue) oder farbige Prolos die Szene, unerschütterlich und stumm, viel zu müde, um zu reagieren.

«Na, wird's bald?» grollte Gulietta und ließ ihren kleinen Arsch nervös gegen den gehörnten Mann vibrieren.

Nichts zu machen. Flanell. Hänger.

«Ich bitte dich, Gulietta ...» seufzte er unter seiner Maske, «nicht jetzt ...»

«Filio de puta, ragazzo di niente, paparazzo di merda ...»

«Ich bitte dich», flehte Soudard.

Sie kamen an der Station Bastille an. Die ganze Truppe stieg aus. Stierkopf sprang erleichtert auf den Bahnsteig.

Einer der Fêtengänger kam auf die gute Idee, den Stolzen zu spielen. Er wartete, bis die Waggontüren sich schlossen.

«Arbeiter, Arbeiter!» rief er und richtete sich an die Reisenden hinter den Scheiben.

Langsam wandten sich ihre Blicke dem Schwerenöter zu, der da herumfuchtelte.

«Arbeiter, Arbeiter!» wiederholte er.

Als der Wagen losfuhr, richtete er einen enormen «Ehren-Arm» an sie: die zur Faust geballte Rechte schlug mit der Bewegung eines Hammers an den linken Ellbogen, der einen grimmigen und obszönen Gruß versandte. Man brach in Lachen aus, man schlug sich auf die Schenkel. Hugo weinte vor Lachen.

Der Zugführer, der die Bande seit Étoile-Charles-de-Gaulle im Auge hatte, bremste scharf und fuhr im Rückwärtsgang auf den Bahnsteig zurück. Hugo und seine Freunde sahen ungläubig, wie sich die Türen wieder öffneten.

«Was sind wir gut!» murmelte Nazulis, der gegen seinen Willen in diese Maskerade des schlechten Geschmacks hineingezogen worden war, die nun schlecht auszugehen drohte.

«Sie werden uns umbringen!» schrie Soudard und begann auf den Ausgang zuzusprinten.

Der Wagenführer hatte den Kopf aus dem Fenster gesteckt und wartete auf die Razzia.

In den Wagen bewegte sich nichts.

Florian hätte seine Nacht gern mit Sabrina beendet – seinen Tag gern mit ihr begonnen –, aber es war unmöglich, Ariane loszuwerden, die sich keinen Millimeter von ihnen entfernte. So begleitete er sie also alle beide bis zur Tür des Staatssekretärs und Abgeordneten. Sie ließen sich von der Gruppe verschlingen, die weiterfeiern würde.

Er rief ein Taxi.

«69, Rue des Saints-Pères», rief er dem Fahrer zu.

Zu dieser morgendlichen Stunde war Paris noch nicht von Autos verstopft. Die Tauben zogen große Kreise am Himmel. Das Taxi fuhr an den Quais entlang. Notre-Dame war schöner denn je, und mit ihrer königlichen Architektur beherrschte sie die blühenden Bäume.

«Schöner Tag», sagte der Fahrer.

Florian stimmte mit einem nasalen Geräusch zu. Er hatte keine Lust zu reden. Wie schön die Stadt nach einer Ausschweifung ist, sagte er zu sich.

Immer zwei Treppenstufen auf einmal nehmend lief er zu seiner Wohnung hinauf; er hatte es eilig, ein Bad zu nehmen. Auf dem Treppenabsatz erwartete ihn ein Mann mit verzerrtem Gesicht. Er richtete einen Revolver auf Nazulis.

«Ich bin Mireilles Mann», sagte er.

8

«Sind Sie schon lange da?» fragte Florian.

«Seit gestern abend.»

Groß, schlank und mit schütterer Stirn sah der Mann trotz seiner drohenden Haltung und seinen zusammengepreßten Kinnladen nicht übel aus. Der Revolver am Ende seines Arms zitterte ein wenig.

Es war das erste Mal, daß Nazulis eine Feuerwaffe auf sich gerichtet sah. Ein langes, blitzendes schwarzes Rohr mit einem Loch, das einen offenbar auf Fingerdruck in die andere Welt befördern konnte. Der Typ hielt seine Waffe gerade auf Florians Brust. Er schien erschöpft zu sein.

Florian hatte keine Angst – nicht daß er besonders verwegen war (er hatte einen allgemeinen Horror vor Gewalt, Wahnsinn und Dummheiten), aber er hatte Vertrauen. Er wußte, daß das Leben gut zu ihm war.

Er suchte in seiner Tasche nach dem Schlüssel. Der Typ schüttelte noch bedrohlicher mit der Waffe.

«Kommen Sie herein, ich bitte Sie», sagte der Önologe. «Wollen Sie einen Kaffee? Also Sie sind seit gestern abend da, ist das wahr?»

«Seit 23 Uhr», präzisierte Mireilles Mann.

«Ich bin untröstlich, daß ich Sie so lange habe warten lassen. Zweifellos sind Sie gekommen, um mit mir über Mireille zu sprechen?»

«Ich bin gekommen, um Sie zu töten.»

«Ach.»

Florian kratzte sich einen Moment lang an einem Nasenflügel, betrachtete den Typen, zupfte sich irritiert am Ohr.

«Erlauben Sie, daß ich Kaffee mache?» fragte er.

«Ich folge Ihnen. Keine Dummheiten, nicht wahr? Wenn Sie versuchen, mich reinzulegen, drücke ich ab.»

Florian nahm einen Topf, goß eine halbe Flasche Évian hinein, wartete bis das Wasser kochte und goß es auf das kolumbianische Kaffeemehl, das er einer Dose entnommen hatte. Er ging zwei Tassen und Zucker holen. Er goß den Kaffee in die Tassen.

«Geben Sie mir das», sagte er und ergriff den Revolver beim Lauf.

Die Geste war so natürlich gewesen, daß der Typ nicht reagiert hatte. Florian legte die Knarre auf das Küchenbüfett und hielt dem zitternden Mann eine dampfende Tasse hin.

«Warum wollen Sie mich töten?» fragte Nazulis.

«Sie sind Mireilles Liebhaber.»

«Oh», machte Florian in einem Ton, der die geringe Wichtigkeit der Sache unterstrich, «ein Liebhaber unter anderen ... eine Geliebte unter anderen. Nichts, worüber man sich aufregen müßte.»

«Ich liebe meine Frau», verkündete der Ehemann in kompromißlosem Ton.

«Das ist sehr gut», befand Nazulis. «Ich verstehe Sie. Sie ist eine wunderbare Frau, sie hat einen Charme, einen Körper, sie hat ...»

«Das genügt!» schrie der Mann.

Er machte eine Bewegung, um seine Waffe wieder zu ergreifen, doch sie lag zu weit entfernt auf dem Büfett, er konnte sie nicht erreichen. Florian war schneller als er.

«Tttttt ...» machte er und steckte den Revolver ein.

Die Waffe wog wirklich sehr schwer. Er begriff, warum die Polizisten und Gangster ihre Pistolen nie in die Tasche steckten: keine Hose würde der Schwerkraft des stählernen Gegenstandes widerstehen.

«Ich frage mich», sagte Nazulis, «ob Sie nicht zu viele schlechte Zeitschriften lesen. ‹Ehemann tötet Liebhaber seiner Frau.› Das ist gut für die Leser von *Detektiv*. Wir sind nicht mehr im 19. Jahrhundert. Die Sitten haben sich gelockert. Die Frauen emanzipieren sich, Gott sei Dank. Ein Liebhaber? Drei Liebhaber? Warum nicht? Mireille ist erwachsen und geimpft. Sie weiß, was sie tut ... Überhaupt, wie haben Sie rausgekriegt, daß sie Sie ‹betrügt›?»

«Ich habe so etwas geahnt. Ich habe sie beschatten lassen. Ein Privatdetektiv gab mir alle Einzelheiten und Ihre Adresse.»

Nazulis konnte sich das Lachen nicht verbeißen.

«Wir sind mitten in der ‹Schwarzen Serie›!» rief er. «Ein Detektiv mit einer Lupe und einem Fernglas! ...»

Er wollte sich totlachen.

«... Ein Detektiv, der sich an den Wänden entlangschleicht, sich in Schlafzimmer stiehlt, die Laken beschnüffelt, Notizen macht ... Sie sind ganz schön romanhaft, mein Lieber!»

«Ich liebe meine Frau», wiederholte der Mann. «Sie können nicht wissen, wie sehr ich sie liebe. Nie habe ich Lust, sie zu betrügen. Nie könnte ich auf sie verzichten. Es gibt nur sie ...»

Florian war gerührt von solch einer verliebten Intensität. Er blieb still und träumte vor sich hin. Man hörte Ragtime-Musik aus der unteren Wohnung. Er erkannte eine Melodie von Scott Joplin.

«Und für Sie?» fragte der Ehemann. «Was bedeutet sie für Sie? Lieben Sie sie?»

«Sie ist eine gute Kameradin», antwortete Florian, «eine treue Freundin.»

«Aber ... Lieben Sie sie?»

«Nicht so wie Sie», antwortete er.

Er schenkte noch einmal Kaffee nach.

«Eine Liebe wie die Ihre», sagte Nazulis, «ist etwas sehr Respektables, sehr Bewundernswertes. Ich kann es mir nicht mehr erlauben, mich auf Ihrem Weg niederzulassen. Ich werde Mireille nicht wiedersehen. Das verspreche ich Ihnen.»

Der Typ starrte ihn ungläubig an.

Florian griff nach dem Telefon. Er wählte Mireilles Nummer. Sie antwortete mit ihrer singenden Stimme.

«Hallo?»

«Ich bin's», sagte Florian.

«Oh, mein ...»

«Hör zu. Dein Mann ist hier. Er steht neben mir. Er hat mit mir gesprochen. Mir ist klargeworden, wie sehr er dich liebt. Ich liebe dich auch sehr, aber sehr viel weniger als er. Also tauche ich unter.»

«Aber ... Das ist ein Scherz», sagte Mireille.

«Nein. Ich gebe ihn dir.»

Er hielt den Hörer dem Ehemann hin, der das weiße Plastik betrachtete. Schließlich hielt er ihn sich ans Ohr.

«Mireille ...» murmelte er.

Florian nahm den Hörer wieder.

«Es erschlägt einen, einen solchen Grad der Liebe zu sehen», sagte er. «Du wirst mich vergessen. Ich werde dich vergessen. Vergessen wir einander. Adieu, Mireille.»

Er hängte auf.

«Nehmen Sie», sagte er und gab ihm den Revolver, «nehmen Sie Ihr Spielzeug wieder an sich. Keine Dummheiten, okay? Kommen Sie, ich gebe Ihnen den Freundschaftskuß.»

Florian küßte die beiden stachligen Wangen. Der Mann stieg die Treppe hinab.

Plötzlich blieb er auf einer Stufe stehen, zögerte, stieg wieder hinauf.

«Nehmen Sie», sagte er und reichte Nazulis den Revolver, «nehmen Sie ihn. Ich will ihn nicht mehr.»

Der Vorrat an Lavasin-Pralinen war zu Ende gegangen. Florian beschloß, sein Lager wieder aufzustocken. Er nahm seinen Wagen und kam vor seinem geliebten Laden in der Avenue Victor-Hugo an. Er parkte.

Das Mädchen vor der Boutique Hermaphrodite drückte die Nase ans Schaufenster. Versunken betrachtete sie ein ausgeschnittenes Kleid mit roten Volants. Sie drehte den Kopf zu Nazulis, der brüsk stehenblieb, als er sie bemerkte.

Von unten nach oben schätzte Florian sie ab: ihre ziemlich zarten Fesseln, ziemlich runden Waden, die eher schweren Schenkel, eine normale Taille, nicht zu mager, so wie er sie liebte. Der Rücken verdeckte die Brüste. Er stellte sie sich klein und rund vor. Der Nacken mit seinen wirren Löckchen und Kräuseln war anziehend. Man bekam Lust, die Lippen darauf zu drücken. Kurze Haare, einige blond, einige von der Farbe der Eichhörnchen, krönten das Ganze.

Von hinten sehr attraktiv, sagte er sich. 22, 23 Jahre alt? fragte er sich. Und von welcher Farbe mögen wohl ihre Achselhaare sein? Ob sie wohl gern ...? Ach, sicherlich, mit so einem Hintern und dem ganzen Rest ... Ach, sie wird schon mögen.

Sie bemerkte das Spiegelbild des Voyeurs in der Schaufensterscheibe. Als sie sich umdrehte, sah er ein kleines Lächeln des Einverständnisses – linker Mundwinkel hochgezogen und Wimperngeklimper.

Von vorne: noch besser, befand er entzückt.

Eine lockige Strähne rührte ihn besonders. Blondes Haar, das am Haaransatz von der Sonne natürlich entfärbt war und dann dunkler wurde, bis hin zu kastanienbraunen Locken. Er bewunderte ihre Nase, sie war ganz gerade und ganz klein – ein Nasenkriterium. In ihren Augen lag kein außergewöhnlicher Glanz, aber sie waren menschlich, sehr menschlich, zu menschlich, von wassergrüner Farbe und mit einem schelmischen Blitzen. Der Mund war anziehend. Den Nacken kannte er. Die Brüste waren weniger mager, als er geglaubt hatte. Er verweilte einen Moment bei ihren Spitzen, die er unter dem grauen Kaschmir wahrnahm. Ein schottischer Wollrock mit einer lustigen Sicherheitsnadel. Gut geformte Knie.

Die ganze Betrachtung hatte keine drei Sekunden gedauert. Das Leben ist kurz. Florian wußte das.

«Hören Sie», sagte er. «Ich fühle mich nicht in der Lage, eine Rede zu halten. Sie gefallen mir. Das Leben ist schön. Man muß davon profitieren. Ich habe Lust, Sie zu streicheln, Sie zum Orgasmus zu bringen und mit Ihnen zu genießen.»

Er holte wieder Atem.

«Aber ich liebe Sie nicht», fügte er hinzu.

Er näherte sich ihr, atmete ihren Geruch ein.

«Ich liebe Sie», sagte er. «Das heißt, nein ... Das ist sehr kompliziert.»

Er nahm sie beim Arm, sie war fügsam und einverstanden.

«Zu Ihnen? Zu mir?»

«Ich habe sehr wenig Zeit», sagte sie.

Florian sah sich um. In der Avenue Victor-Hugo reihten sich protzige und gewöhnliche Gebäude aneinander. In eines von ihnen zog er sie hinein. Sie stiegen die Treppe bis zur ersten Etage hoch. Da gab es eine Tür und eine Klingel. Florian klingelte.

Niemand.

Er klingelte noch mal. Er hob den Schottenrock hoch, zog das Höschen herunter, machte einen schnellen, liebkosendspionierenden Vorstoß mit dem Finger, schnüffelte daran mit unauffälliger Miene und im Handumdrehen. Sehr gesundes Aroma; es versetzte Gulliver augenblicklich in Aufregung.

Sie lehnte mit dem Rücken an der Wand des Treppenhauses und hielt ihm ihren Mund hin. Er küßte sie. Ihr Lippenstift schmeckte nach Himbeere.

Immer noch mit der linken Hand den Rock hochhebend, löste Florian seinen Gürtel. Hose und Känguruh fielen. Gulliver rieb seinen Kopf an der lockigen, etwas kräftigen Mähne, die ihn gleichzeitig kratzte und streichelte. Das Mädchen war kleiner als Nazulis. Er beugte die Knie und drang in sie ein. Sie begann Seufzer auszustoßen.

«Nicht zu laut!» flüsterte er ihr ins Ohr und warf einen sorgenvollen Blick auf die anderen Stockwerke.

«Ooooh! ... Ooooh! ...» machte das Mädchen.

Gulliver ging gut los. Nazulis war währenddessen mit einer Hand unter den Kaschmir geschlüpft. Er streichelte die Rundung der Brüste. In der hohlen Hand fühlte er ihre Spitzen hart werden. Er stieg zu den Achseln empor. Rasiert, leider. Man kann nicht alles haben. Bestehen wir nicht darauf, sagte er zu sich.

«Ooooh ... Huuuu ... Mmmm ...» machte sie.

Florian, der die Beine weit gespreizt hatte, um sich auf die richtige Höhe zu bringen, versuchte nicht, seine Lust zurückzuhalten. Alles in allem mußte man sich beeilen. Das Mädchen war offensichtlich auch nahe daran. Den Rücken an die Wand gepreßt, hielt sie den Unbekannten an den Schultern, und den Kopf hin und her wiegend sagte sie zustimmend «Nein–nein» zu der Lust, die sie überschwemmte.

Er hob die Schenkel des Mädchens hoch und trug sie auf seinen Händen. So konnte er sich aufrichten (seine Beine begannen einzuschlafen). Das Mädchen war nicht so schwer; mit ihrem gesamten Gewicht ruhte sie auf dem gespannten

Gulliver, der jetzt begann, wie ein Wahnsinniger in die ölige Nabe dieses massiven Arschs hineinzustoßen.

Sie öffnete den Mund, und kein Ton kam heraus. Ihr Blick wurde dramatisch starr. Sie kam.

Nazulis grub seine Nägel mit wilder Wollust in ihre Schenkel und machte sich daran, immer stärkere Lendenstöße auszuführen. Die Schrotladung ging los. Sein Orgasmus überflutete das Innere des Deltas.

Er setzte das Mädchen ab. Schweigend zogen sie sich wieder an und verließen das Gebäude. Sie drückte Nazulis einen kurzen Kuß auf die Lippen.

«Tschüs!» sagte sie. «Das war gut.»

Sie verschwand im Laufschritt. Sie schien sich verspätet zu haben. Florian hatte keine besondere Leidenschaft für das «Stand-by» – wie einige schrullige Besessene sie empfinden –, aber warum nicht von Zeit zu Zeit? Man soll keine zu starren Prinzipien haben.

Er wollte in den Lavasin-Laden gehen, aber der war geschlossen. In jedem Fall ist das Leben gut zu mir, dachte er, während er seinen Gürtel zurechtrückte: er hatte sich zu schnell angezogen.

Die Victor-Hugo-Tauben flatterten in den klaren Himmel. Sie stießen sich wild mit großen Flügelschlägen an, um die Maiskörner zu erwischen, die eine kleine Alte auf eine Bank gelegt hatte. Eine von ihnen gab den Ton an und hackte auf die Schwächeren ein. Die Natur ist nicht demokratisch, sagte sich Florian.

Der große Kreis des Zodiac drehte sich. Es war Mai.

Die Bäume wurden immer schöner, die Tauben flogen immer höher. Die Mädchen kleideten sich immer dürftiger. Überall wuchsen Blumen. Florian war jeden Tag glücklicher darüber, zu leben.

Er erwachte, sein Freund Gulliver reckte sich empfindsam,

und es war eine solche Freude zu leben, eine so rührende und starke Empfindung, daß er darüber manchmal eine kleine Träne vergoß.

Der Zug rollte in Richtung Bourgogne. Nazulis blinzelte Florence zu.

Sie waren ganz allein in diesem Abteil mit acht Sitzen. Florian hatte die Tür geschlossen und die Plastikvorhänge zugezogen und sie so vom Flur abgetrennt.

Nazulis' Reiseziel war Beaune. Der Önologe mußte für eine Bestellungs-Tournee zu den Burgunder-Herstellern fahren. In diese Rundreise hatte er seine Teilnahme an einem großen Bankett eingeplant, das von der Brüderschaft der Ritter von der Weinprobe gegeben wurde.

Florence dagegen mußte etwas später aussteigen, in Mâcon, um einer Schwägerin, die gerade niedergekommen war, einen Besuch abzustatten.

Es war Florence und Florian gelungen, einen gemeinsamen Termin für ihre Reisen zu finden («Die Reise, unsere einzige Form der Gemeinsamkeit», sagte Florian). Die beiden Liebenden hatten sich seit mehr als einer Wochc nicht gesehen. Sobald die Vorhänge zugezogen waren, stürzten sie sich aufeinander und küßten sich gierig. Florian schnupperte mit Wonne an der Haut, dem Haar, dem Nacken der jungen Frau, während sie sich leidenschaftlich die Hände drückten.

Er zog an den Ärmeln ihrer seidenen Bluse.

«Zieh das aus», befahl er.

«Glaubst du, wir können ... im Zug?» fragte sie.

«Egal ob im Zug, im Wagen, im Flugzeug, im Zeppelin, auf dem Schlitten im Schnee, auf dem Rücken eines Kamels mitten in der Wüste, auf dem Rücken eines Elefanten im Dschungel, ich würde dich überall vögeln, meine Liebe.»

Sie erschien im BH. Florian bat sie, die Arme zu heben.

O Glück, die zwei bewaldeten Inseln waren endlich gewachsen! Bewegt sog er ihren Geruch ein. Wie eine Mutter ihre Jungen erkennt, so erkannte er den nur Florence eigenen Duft: Frische, Pinien- und Birkenwald in der Sonne und viele ergänzende Düfte, die er nicht einzuordnen versuchte. Er sog sie ein, berauschte sich an ihnen. Gulliver richtete sich auf.

«Leg deine Hand auf ihn, um ihn ein wenig zu beruhigen», bat Florian, «er ist wie verrückt.»

Sie legte ihre Hand zwischen die Beine des Mannes; sie war bereit zur Liebkosung.

«Rühr dich nicht», sagte er.

Sie wartete, daß Gulliver wieder zur Ruhe komme.

«Zieh deinen BH aus», sagte er.

Den rechten Ellbogen erhoben, den linken Arm hinter dem Rücken, so entfernte sie das Stückchen weißer Wäsche, und die Finger der rechten Hand trafen sich mit denen der linken, um den perlmuttenen Knopf (daraus schien er jedenfalls zu sein, vielleicht war er nur aus Plastik) zu lösen. Der BH verschwand.

Die kleinen Brüste kamen zum Vorschein, schön rund, schön aufrecht.

«Warum bestehst du darauf, einen BH zu tragen?» fragte er.

«Mein Mann besteht darauf», antwortete sie. «Nackte Brüste schockieren ihn.»

Florian seufzte und hob die Augen zum Himmel, ein weiteres Mal niedergeschlagen von der Dummheit der Menschen.

«Deinen Rock», sagte er.

«Glaubst du wirklich, daß ...»

«Ja.»

Sie hakte ihren Rock auf, ließ ihn an ihren Beinen heruntergleiten, faltete ihn und legte ihn ins Gepäcknetz.

«Die Strumpfhose», fügte er hinzu.

Sie ließ sie hinabgleiten. Jetzt war sie nur noch mit dem baumwollenen Höschen im Wabenmuster bekleidet.

«Höschen», sagte er schließlich.

Sie zögerte.

«Aber wenn der Schaffner? ...»

«Es kann ihn nur mit Freude erfüllen, einen Körper wie den deinen anzusehen, während er unsere Fahrkarten knipst. Er wird sich immer an den Paris–Mâcon–Lyon vom 15. Mai, Abfahrt 8 Uhr 50 erinnern. Du bist eine unvergeßliche Frau.»

Sie zog das Höschen aus. Versunken betrachtete Florian ihren nackten Körper. Sie erschien ihm noch schöner, noch begehrenswerter als beim erstenmal.

Er zog sich eilig aus und warf seine Kleidungsstücke zusammengeknüllt in eine Ecke des Abteils.

Sie befanden sich einander gegenüber, nackt und verrückt vor Begehren, aber sie berührten sich noch nicht. Florian gefiel es, das Warten zu verlängern.

Gulliver war zu olympischen Taten bereit.

Der Zug fuhr langsam an. Die Telegrafenmasten glitten in regelmäßigen Abständen vorüber. Florian legte die Hand auf Florences Schulter. Seine Finger glitten tiefer, berührten die Spitze einer Brust, fuhren den Bauch entlang, erreichten das seidige Vlies.

«Mein Gott, was habe ich Lust auf dich!» sagte er.

«Komm, Florian», murmelte sie.

Sie zog ihn an sich, berührte ihn mit ihrer Haut.

Welche Stellung können wir denn bloß einnehmen? fragte er sich. Die Bänke sind zu schmal ... Im Stehen? Zu wackelig ... Ich habe eine Idee. Wir versuchen eine Variante, nennen wir sie «Die heilige 37 im Zug», um zu den 36 allzu bekannten eine weitere hinzuzufügen.

«Knie dich mir gegenüber auf die Bank, so, ja ... Spreize deine Beine noch weiter, so.»

Mit geöffneten Knien, den Hacken unter den Hinterbacken und mit aufrechtem Rücken schien Florence sich mitten in einer Yoga-Meditation zu befinden. Sie drehte ihre Handflächen himmelwärts, und so drang Florian in sie ein.

Als er ganz tief in ihr war, verharrte er regungslos.

«Spürst du mich?» fragte er.

«O ja!»

«Magst du das?»

«O ja!»

Sie blieben einen langen Moment in dieser Stellung. Nazulis' Nase hörte nicht auf zu vibrieren, zu wittern, die sich mit zunehmender Lust verändernden Gerüche der jungen Frau aufzunehmen. Er ließ sie noch einmal die Arme heben, und mit der Nasenspitze strich er über das duftbeladene Büschel.

Auf einem parallel verlaufenden Gleis überholte sie langsam ein Zug. Einer nach dem andern fuhren die Wagen an ihnen vorbei. Das Tempo des anderen Zugs glich sich dem ihren an, und sie rollten nebeneinander her.

Auf der anderen Seite, etwa zwei Meter von ihnen entfernt, strickte verbissen eine Dame, die Nase über ihre Maschen gebeugt. Ihr gegenüber las ein Mann die Wirtschaftsseite von *Le Monde*. Die Frau hob für einen Moment die Augen, sah, ohne genau hinzusehen, auf den Zug, der parallel zu ihrem fuhr, und plötzlich hob sie die Hand an den Mund, die Augen vor Bestürzung weit geöffnet.

«Sie hat uns gesehen», sagte Florian fröhlich, während er sich mit seiner Freundin paarte und seine Nase wie ein Entdeckungsflugzeug von einem Punkt zum andern hüpfte.

Die Strickerin mit den Eulenaugen zupfte ihren Mann mehrmals kurz am Ärmel.

Mit verzerrtem Grinsen hob er fragend den Kopf wie

jemand, der an Verstopfung leidet. Die Strickerin deutete mit dem Kinn nach rechts. Der Blick des Typen traf sich mit dem Florians.

Hallo! Grüß dich! machte Florian mit der Hand.

Die strickende Eule und ihr Ehegatte starrten sie an wie die Apokalypse.

«Die Ekstase ist nicht nur mystisch!» rief Florian ihnen zu.

Sie konnten sie sowieso nicht verstehen. Nazulis machte sich daran, fröhlich draufloszuvögeln, indem er der knienden jungen Frau große Lendenstöße versetzte. Von Zeit zu Zeit drehte er sich zu dem Nachbarzug um, der ungefähr auf gleicher Höhe blieb.

Super, was? fragte er mit kleinen Handzeichen seine Nachbarn.

Aber der andere Zug begann schneller zu werden, und sie befanden sich einem neuen Fenster gegenüber, das ein halbes Dutzend Kindergesichter einrahmte, ungefähr im Alter von sieben bis zwölf Jahren. Sie stießen sich mit den Ellbogen an, sprangen auf die Bänke und ruderten höchst aufgeregt mit den Armen.

«Kinder finden weder Nacktheit noch die Liebe schockierend», erklärte Nazulis und machte eine Pause. «Sie sind erst verwirrt, wenn ihre Umgebung sich verwirrt zeigt. Es ist die Angst der Erwachsenen, die sich den Kindern mitteilt. Das ist unsere Tradition. Und die richtet vor allem in der Pubertät Schaden an.»

Der Vorsprung des Parallelzugs nahm weiter zu. Es fuhren neue Fenster, neue verblüffte, schockierte oder verbitterte Gesichter an ihnen vorüber. Eine Großmutter begann aus Leibeskräften zu applaudieren, als sie sie sah. Eine junge Ehefrau lächelte ihnen errötend zu.

Hallo! machte Florian.

Ein Griesgram ließ wütend den Vorhang seines Fensters

herunter. Ein Jugendlicher ließ eine Hand in seine Tasche gleiten.

Hallo, hallo! wiederholte Florian, während er jeden freundschaftlich grüßte und dabei in seiner ruhigen Kopulation fortfuhr.

Dann kam der Postwagen am Zugende. Nazulis sandte ein letztes «Hallo» zu den Liebesbriefen hinüber, die sich in den Säcken hinter den gepanzerten Wänden befanden.

Florian stieg in Beaune aus.

«Vergiß mich nicht», sagte er nach einem letzten Kuß.

«O nein!» sagte sie. «Ich vergesse dich nicht.»

Der Zug entfernte sich. Florian winkte ein letztes «Auf Wiedersehen, auf Wiedersehen» mit der Hand; es ging ihm ans Herz. Dort hinten, hinter dem Fenster machte Florence auch ihm Zeichen – sie hatte das Gesicht eines Kindes, das gleich weinen wird. Der Zug verschwand. Manchmal tut es weh, zu lieben, dachte er. Man kann nicht schmerzlos lieben. Er wandte sich zur Unterführung. Aber alles in allem: man muß lieben.

9

Ein Wagen hatte ihn vom Bahnhof abgeholt. Paul Michelon, ein solider Burgunder Weinbauer, war – wie etwa hundert andere – Eigentümer einiger Weinberge des Clos de Vougeot. Er war 65 Jahre alt, weißhaarig, rothäutig und hatte eine leicht violette Nase, aber mit seinen blauen, schalkhaft blitzenden Augen war er noch immer ein schöner Mann. Ein Mann, der leidenschaftlich an seinem Beruf und am Leben hing.

Er streckte die Arme aus nach seinem Patenkind in der Brüderschaft. Er hatte tatsächlich die Patenschaft für Florian übernommen, als dieser in die Brüderschaft der Ritter von der Burgunder Weinprobe aufgenommen worden war.

Die beiden Männer umarmten sich.

«Zeig mal, wie's dir geht, streck dic Zunge raus», befahl Paul.

Florian tat, wie ihm geheißen wurde.

«Du trinkst nicht genug. Dein Atem riecht nicht gut ... Ach! Ihr Pariser, ihr seid wirklich verrückt ... Und wie ist es mit den Frauen? Immer noch gut? Großen Appetit?»

«Wenn es darum geht, sicher, dann geht's gut», versicherte Nazulis.

Sie fuhren auf der Beauner Straße, die zwischen üppigen Weinbergen entlang nach Dijon führt. Zwischen den Reihen der berühmtesten Pflanzen der Welt gruben Männer und Frauen die Erde für die dritte und letzte Bearbeitung dieses Jahres um.

«Stört es dich, wenn ich mein Fenster öffne?» fragte Florian.

«Aber bitte. Du willst die gute Landluft wiederfinden?» fragte Paul.

«Ja», sagte Florian.

Manchmal bedauerte er es, in Paris geboren zu sein und keine Ackerland durchdringende Wurzeln zu besitzen. «Meine Wurzeln sind im Beton», sagte er.

Mit der Nase am Fenster atmete er wie ein Jagdhund die Gerüche des Landes ein. Aloxe-Corton, im Norden der Côte de Beaune, dann die ersten Weinberge der Côte de Nuits, der Prémeaux, der Nuits-Saint-Georges, der Vosne-Romanée...

Ein Mercedes überholte sie. Der Fahrer hatte den Ellbogen im Fenster und eine Zigarette zwischen den Lippen.

«Rote Rothmans», meinte Florian halblaut.

«Du hast also deine Nase nicht verloren. Bist du sicher? Rote Rothmans, nicht blaue?»

«Sicher», bestätigte Nazulis. «Der Rauch der blauen ist stärker, tabakhaltiger.»

«Und die Super?» fragte Paul. «Venezuela oder Saudi-Arabien?»

Florian lachte.

«Ich mag dich», sagte Paul. «Du bist ein bißchen wie mein Sohn. Du weißt das, nicht wahr?»

Florian, der bei starken Gefühlen Scham empfand, war verlegen.

«Du weißt das?» wiederholte Paul.

«Ja. Sieh, wie schön die Weinberge gerade sind...»

Er hielt das Gesicht in den Wind und atmete die reine, edle Luft der Hügel ein, die den Herzögen von Burgund gehört hatten und vor ihnen zahlreichen Generationen von Winzern. Während 2000 Jahren hatten die Winzer, vom Vater zum Sohn, ihr Leben der Pflege dieser Weinberge gewidmet, um daraus die wunderbaren Weine zu gewinnen, die sie tranken und in alle Welt exportierten.

«Siehst du die Weinberge da rechts?» fragte Paul. «Die gehören Monsieur Vinca. Sie haben einen der besten Weine der Gegend hervorgebracht. In seiner Familie war man seit 500 Jahren Winzer, vom Vater auf den Sohn. Der Sohn Vinca hat sich in Paris niedergelassen. Er ist Immobilienmakler.»

«Der Dummkopf», murmelte Florian, «dies hier zu verlassen und vorgefertigte Baracken zu verkaufen ...»

Der Wagen erreichte die kleine Gemeinde Vougeot. Jedesmal wenn die Regimenter der französischen Armee an diesen Weinbergen vorbeigezogen waren, hatten sie gehalten und in Hab-Acht-Stellung gegrüßt. Das war Tradition.

Das Auto fuhr um einige alte Häuser herum, bog in eine von Bäumen und Reben begrenzte kleine Straße ein. Sie waren angekommen.

Mit Wonne fand Florian den Geruch des Hauses wieder. Die alten Möbel hatten noch denselben natürlichen Wachsgeruch. Er stieg in sein Zimmer hinauf, ein kleines Mansardenzimmer. Da waren dieselbe geblümte Bettdecke, dieselben Balken aus dem 17. Jahrhundert, ausgehöhlt, ausgewaschen und geschwärzt von der Zeit, derselbe Schrank, der knarrte, wenn man seine Türen öffnete. Eine weibliche Hand hatte eine kleine Vase mit Feldblumen ans Bett gestellt.

Bevor er sich zu seinen geschäftlichen Verabredungen begab, wechselte Florian eilig Hemd, Socken und Känguruh. Er liebte es, auf seiner Haut Leibwäsche von perfekter Sauberkeit zu tragen. Das Äußere war ihm egal: eine alte Hose, eine Jacke aus Leder oder grobem Cord ...

«Fährst du los, um deine Runde zu machen?» fragte Paul. «Willst du meinen Wagen?»

«Ja, danke. Ich habe ein großes Heft voller Bestellungen zu erledigen. Der Wein verkauft sich immer noch genauso gut, trotz der ‹Krise› – oder gerade wegen ihr. Ich muß nach Gevrey-Chambertin und nach Chambolle.»

«Wenn du zurückkommst, gebe ich dir etwas Gutes zu kosten, und dann gehen wir zum Bankett der Brüderschaft.»

«Ich vertraue dir», sagte er, «der Abend wird schön werden.»

Nazulis' Arbeit war besonders heikel. Er durfte sich keinen Irrtum erlauben. Die Mengen, die er für seine amerikanischen, deutschen, englischen, japanischen und sonstigen Käufer bestellte, summierten sich zu Hunderten von Hektolitern. Es ging darum, die besten Weine zu den besten Preisen einzukaufen.

Auf diesen Bestellungsrunden gestattete Nazulis sich keinen Umweg. Er trank nicht, er probierte. Seine Aufmerksamkeit konzentrierte sich ganz auf die Wahl der Weine; er sah keine Frauen mehr, keine blumigen Hügel, nicht die Vergnügungen des Lebens. In diesen Momenten war er nichts als ein harter Önologe, anspruchsvoll und unnachgiebig. Ein Profi.

Zu diesen beruflichen Qualitäten gesellten sich diejenigen einer außergewöhnlich empfindlichen Nase, die zudem über ein bemerkenswertes Gedächtnis verfügte. Florian Nazulis genoß in der ganzen Region einen anerkannten Ruf.

Er kam gerade in dem Moment zurück, als die Sonne sich dafür entschied, ihre Strahlen schräg zu verschicken. Die Schatten der Bäume, der Gebäude, der Reben, Pfähle und Begrenzungen legten sich über die burgundische Erde.

Er fand Paul im großen Zimmer des Erdgeschosses; er saß an einem kleinen Tisch, auf dem sich ein Schachspiel befand. Ihm gegenüber war eine junge Frau am Nachdenken; den Kopf hatte sie in den Händen vergraben.

Als Florian kam, erhob sie sich.

«Bleiben Sie doch», sagte er. «Sie sind ja mitten in einer Partie ...»

«Erkennen Sie mich denn nicht, Monsieur Nazulis?» fragte das Mädchen.

Er erkannte sie nicht.

Sie war ziemlich klein und langes kastanienbraunes Haar fiel ihr wirr auf die Schultern. Verträumte, etwas verschwommene Augen. Ein Blick, der noch nicht genügend Zeit gehabt hatte, Bilanz zu ziehen. Der schwellende, fast geschwollene Mund war erstaunlich. Es waren die Lippen einer weißen Negerin; die obere war ebenso dick wie die untere. Ein rundes Kinn. Das Gesicht befand sich gerade im Übergang von der Kindheit zur Jugend. Diese Veränderung schien ohne allzu viele Probleme vor sich zu gehen, zumindest was das Körperliche anging. Der einzige Makel des jungen Mädchens war eine diskrete Narbe auf der rechten Seite ihrer Stirn.

«Aber nein ...» murmelte Florian. «Das ist doch nicht möglich ... Das ist die kleine Est ...»

«Na also», sagte Paul.

«Estelle!» rief Florian. «Das letzte Mal, als ...»

Sie lächelte.

«Das letzte Mal, als ...» staunte Florian. «Na schön, lassen wir das, ich weiß, das ist das Leben ... Na so was, alles geht so schnell ...»

«Sie haben sich nicht verändert», sagte sie.

«Um so schlimmer für mich», sagte er. «Mein Gott, was bist du hübsch geworden! Großer Gott ...»

Er trat etwas zurück, um sie besser bewundern zu können.

«Tttttttt», machte Paul, «paß auf, ich sehe dich schon mit Sieben-Meilen-Stiefeln losmarschieren!»

«Hör mal, Paul, sie ist doch noch ein Kind ...»

«Aber nein», protestierte Estelle, «ich bin sechzehneinhalb.»

«Sie kümmert sich ein bißchen um das Haus, seit sie mit der Schule fertig ist und bis sie eine interessantere Arbeit findet. Das bringt ihr Taschengeld ein ... Sag, Estelle, wollen wir die Partie aussetzen, ja? Ich würde Florian gern etwas zeigen. Bring uns zwei Gläser und die Flasche, die ich zurechtgestellt habe.»

«Gut, Monsieur Michelon.»

«Wie niedlich sie geworden ist!» bemerkte Florian ganz weich, während sie verschwand wie eine Tänzerin auf den roten Ziegeln der Bourgogne.

Sie kam zurück mit den Gläsern, die wie große, runde Schalen geformt waren. Sie setzte sie neben der Flasche ab, die Paul zu Ehren seines Gastes entkorkt hatte.

«Das sag ich dir», sagte der Winzer, «das ist nicht irgendwas.»

«Das will ich hoffen», entgegnete der Önologe.

Zu dieser Stunde war der Raum schlecht beleuchtet. Florian hatte Mühe, die Farbe des Weins zu erkennen. Aber als er ihn in seinem Glas geschwenkt hatte, als er ihn gerochen hatte, als er die Flüssigkeit mit geschlossenen Augen über seine Zunge hatte laufen lassen, und als er den ersten Schluck hinuntergeschluckt hatte, war er plötzlich ganz verdutzt. Er fand keine Worte. Wie ein Stummer deutete er mit dem Zeigefinger auf die Flasche und starrte sie ungläubig an.

«Mmmm?» machte Paul. «Nicht schlecht, was?»

«Gott der Götter», murmelte Nazulis, «wo hast du diese Flasche gefunden?»

«Geheimnis!» sagte Paul und hielt den Finger an die Lippen.

Florian brachte seine Nase wieder ans Glas, wartete, sog den Duft in kleinen Atemzügen durch die Nasenflügel ein, lehnte den Kopf nach hinten, gurgelte, schluckte.

«Das ist fabelhaft», sagte er. «Ein Romanée-Conti. So eine Flasche ist ein Vermögen wert. Du bist verrückt, Paul.»

«Welcher Jahrgang?» fragte Paul.

«Dieser Wein ist gut 25 Jahre alt. 1959 sicherlich.»

«Exakt.»

«Das ist das zweite Mal, daß ich ihn trinke. Einen Romanée-Conti miteinander zu teilen ist ein außergewöhnliches Ereignis geworden. Da sind die Tropfen gezählt. Der Weinberg ist winzig, nicht?»

«Kaum zwei Hektar», sagte Paul.

Nazulis hatte Tränen in den Augen. Paul klopfte ihm sacht auf die Schulter.

«Komm, Florian ... Komm zu dir! ... Los, trink noch ein bißchen ... Du hast recht: vor uns steht einer der größten Burgunder, die es gibt.»

«Produkt eines der größten Weinjahre des Jahrhunderts», fügte Florian hinzu.

Estelle hatte sich diskret in eine Ecke des Raums zurückgezogen.

«Du mußt ihn probieren», sagte Nazulis. «Solch ein Wein, das ist ... verstehst du, das ...» Er fand keine Worte mehr.

«Ich verstehe gar nichts davon», sagte sie schüchtern.

«Trink aus meinem Glas», sagte Florian. «Riech zuerst das Bukett, nimm ein wenig in den Mund und wende den Wein auf deiner Zunge ... Und hör auf die Resonanzen! Du wirst nicht oft die Gelegenheit haben, einen so herrlichen Wein zu trinken. Er ist unbezahlbar – und, wie ich glaube, nicht im Handel.»

«Er ist geschmeidig und voller Delikatesse?» sagte Paul mit leuchtenden Augen.

Er hielt sein Glas in Augenhöhe wie einen Kelch.

«Welche Anmut, welches Gleichgewicht!» rief er aus, nachdem er getrunken hatte.

«Ein vollkommen weiblicher Wein», urteilte Florian, «er entbehrt jeglicher Aggressivität ... Was für ein glänzendes Geschöpf! ... Was denkst du davon, Estelle?»

«Er ist wirklich schön», sagte sie.

Florian füllte sein Glas noch einmal und schwenkte die Flüssigkeit durch leichtes Kreisen der Hand. Er setzte die Nase an den Rand des Glases und schloß von neuem die Augen. Er trank und öffnete die Augen wieder.

«Er hat mehr Bukett als La Romanée-Saint-Vincent», sagte Florian, «mehr Feinheit als Les Richebourg ... Dies ist wirklich der König – oder genauer: die Königin – von allen Vosnes-Romanée. Eine Königin von Burgund.»

Hinter den mit blühenden Reben bedeckten Hügeln am Ende des Horizonts war die Sonne dabei, der Erde «Gute Nacht» zu sagen.

Florian ging in Begleitung Estelles zwischen zwei Reihen von Weinreben auf dem Kamm eines Hügels entlang.

«Sieh», sagte er, «sie verschwindet.»

Die rote Kugel ging langsam unter.

Eine Sekunde lang spürte Florian, daß ihm eine kleine Panik ergriff, wie so oft, wenn die Sonne vom Himmel verschwindet. Er nahm Estelles Hand.

In einer Ecke eines Weinbergs lag ein großer Stein. Sie setzten sich und sahen zu, wie die Nacht hereinbrach. Florian wandte sich dem jungen Mädchen zu.

«Woran denkst du in diesem Augenblick, gerade jetzt? Überleg nicht, sag's schnell!»

«Das ist ein Geheimnis», sagte sie.

«Ein Freund, ein Geliebter ...?»

«Bah, nein», antwortete sie lachend.

Er nahm ihre Hand und spielte mit ihren Fingern. Er bemerkte, daß sie ihn aus den Augenwinkeln ansah, aber es war zu dunkel; er konnte nicht ausmachen, was in ihrem Blick liegen mochte. Er streckte die Hand nach ihr aus und fuhr mit den Fingerspitzen über ihr langes Haar.

Sie bewegte sich nicht.

Er beugte den Kopf und küßte sie ganz leicht auf die Wange. Der Kuß dauerte an. Sie bewegte sich immer noch nicht. Er nahm ihr Kinn, zog sie zu sich hin und drückte seine Lippen auf die ihren. Sie waren rund und heiß. Während der ganzen Zeit, als er sie küßte, ließ sie vollkommen passiv alles mit sich geschehen.

Er bekam plötzlich und brutal Lust auf sie. Er hob sie vom Boden auf und trug sie ein wenig weiter auf ein Stück Gras, eben dorthin, wo vor 1403 Jahren Gontran, der König von Burgund, die Arme zu den Weinbergen der Umgebung ausgestreckt und dem Abt von Saint-Bénigne verkündet hatte:

«Geschenk!»

«Aber ...» hatte der Vater-Abt gemurmelt.

«Für deine Mönche. Für euren Meßwein ...»

Auf ihr liegend fuhr Nazulis fort, sie zu küssen, dann begann er, ihr die Bluse aufzuknöpfen. Seine Hand glitt unter den Stoff und streichelte die Brüste, die für eine Sechzehnjährige gut entwickelt waren. Er machte den Knopf ihrer Jeans auf.

«Nein», sagte sie.

«Willst du nicht ...?»

«Ich kann nicht. Ich habe noch nie ...»

Es gelang Florian trotzdem, seine Finger bis zu dem Haarbüschel vorzuschieben, aber die Hose behinderte ihn. Er versuchte noch einmal, sie ihr auszuziehen, indem er abwechselnd an der einen, dann an der anderen Seite zog.

«Nein, nein!» protestierte sie.

«Warum?» fragte Florian, der vor Begierde zu delirieren begann.

«Ich ... Ich habe nicht ...»

«Aber ... Oh ... Hör zu ... Nein! ... Warte! ...»

Umschlungen und in den Liebeskampf verwickelt, rollten sie sich im Gras. Florian gelang es, ihr die oberen Kleidungsstücke zu entreißen. Vor dem blauschwarzen Nachthimmel sah er die großzügige Form ihrer Brüste sich abzeichnen. Glutvoll küßte er sie. Er schätzte bewundernd ihr Gewicht, indem er sie mit beiden Händen anhob.

Sie versuchte zu fliehen. Er warf sie ins Gras. Er hob ihre Arme hoch und tauchte noch einmal, angetrieben von seinem Schnupper-Reflex, in die Achselhöhle ein. Er beroch den Vogelflaum, der ihre Achseln schmückte. Die Mischung gewisser scharfer Gerüche signalisierte ihm, daß sie Lust hatte. Sicher, das war eindeutig, daß sie Lust hatte! Sie war feucht vor Lust aufs Vögeln.

«Ich habe noch nie ...» wiederholte sie.

«Ich werde es dir zeigen», seufzte er.

«Nein ... Ich habe ...»

Es gelang ihm, den Reißverschluß ganz zu öffnen. Sie wehrte sich. Abwechselnd am einen und am anderen Hosenbein ziehend, versuchte er, die Hose herunterzubekommen. Aber die Jeans eines sich wehrenden Mädchens sind eine uneinnehmbare Festung. Trotzdem gelang es ihm, mit seiner Hand zwischen ihre zappelnden und in die Luft schlagenden Beine zu schlüpfen. Sie war überschwemmt von warmer Flüssigkeit. Sie kann doch nicht ihre Regel haben, sagte sich Florian, den Geruch hätte ich erkannt ...

Das war die Begierde, ganz sicher.

Mit der Hand auf ihrem leichten Pelz behielt er den Druck bei trotz der Anstrengungen, die sie machte, sich zu befreien.

«Nein! Nein!» wiederholte sie.

Während sie kämpfte, versuchte er, seine Finger in das feuchte Loch einzuführen.

Plötzlich wehrte sie sich nicht mehr. Sie gab es auf. Ihre Beine wurden weich. Sie ließ sich die Jeans ausziehen, dann das Höschen. Jetzt war sie völlig nackt, aber er sah nur ihren Schatten.

Die Nacht war hereingebrochen, der Mond noch nicht aufgegangen. Ein frischer Wind lief durch den Weinberg. In der Ferne hörte man das abendliche Rumoren bei den Häusern der Winzer.

Florian zog sich in weniger als drei Sekunden aus und legte sich auf den festen, elastischen Körper, der noch kindliche Rundungen trug.

«Ich kann nicht mit Ihnen schlafen», sagte sie.

«Warum?»

«Ich will Jungfrau bleiben.»

Florian, der sich ganz nah an sie preßte, spürte, wie ihre Brust sich im Rhythmus ihrer schnellen Atmung hob und senkte. Gulliver, der sich an den Pelz drückte, sonderte ein durchsichtiges, leichtes Öl ab, das auf den Bauch des jungen Mädchens floß und auf das Gebüsch, das auf ihrem Delta sproß.

«Jungfrau bleiben?» wiederholte Florian.

Er verstand nicht.

Er legte seine Hand auf die triefende Öffnung. Mit den Fingerspitzen streichelte er sie, mit einer langsamen und regelmäßigen Bewegung.

«Nein, nein ...» murmelte sie.

Unter seiner Hand floß eine so üppige Flut, daß ihre Oberschenkel troffen.

«Ich will nicht ...» stammelte sie.

Er legte seinen Mund auf ihre Schamlippen. Ihr Jungmädchen-Aroma erregte ihn so sehr, wie ihn noch niemals etwas erregt hatte.

Ich werde gleich verrückt, sagte er sich.

Er streckte die Zunge aus und führte sie in den Spalt ein. Er ließ sie hin und her gleiten, wobei er von dem stark duftenden Bach trank, der wie aus einer Quelle aus ihr hervorquoll.

Er versuchte weiter zu gehen und drang mit der Zunge ein, aber diese stieß gegen die Barrikade des Hymens. Ich werde sie auf diese Weise entjungfern, sagte er sich, entschlossen, bis zum Ende zu gehen.

«Ich ... will nicht ...» flehte sie.

Mit ausgestreckter Zunge und leidenschaftlichem Mund war er zu unlösbarer Paarung mit ihr verschmolzen.

Plötzlich spannte sich der Körper des Mädchens, hob sich und blieb regungslos in der Schwebe.

Sie kommt, welch ein Glück, sagte er zu sich.

Sie stieß eine Klage aus, ein Schluchzen wie das eines jaulenden Hundes. In seinem Mund spürte er die regelmäßigen Wellen ihrer Lust. Ein neuer Geschmack kam hinzu, ein Geschmack von frisch gepellten Langustinen.

Sie legte ihre Hände auf Nazulis' Haar, und ihr Körper entspannte sich.

Sie blieben unbeweglich in der schwarzen Nacht.

«Sieh die Sterne», sagte sie.

Er drehte sich um, legte sich ganz nah bei ihr auf den Rücken.

«Kennst du die Namen der Sterne?» fragte sie.

Er nahm die Hand des Mädchens und legte sie auf den vor Lust gespannten und feuchten Gulliver.

«Das ist groß», sagte sie.

«Die Nacht?» fragte er.

«Nein, das», sagte sie.

Er erlegte ihrer Hand eine leichte Hinundherbewegung auf.

«Streichle mich», sagte er.

«Ich wußte nicht, daß man so starke Lust empfinden kann», sagte sie. «Du hast mir etwas ... gezeigt ...»

«Mmmm?»

«Etwas Enormes.»

«Es ist wie ein Erdbeben, nicht?»

«Oder wie ein Strudel», sagte sie.

Er legte ihre Hand auf Gulliver zurecht, die Handfläche um den brennenden Kopf.

«Dreh, dreh deine Hand», befahl er, «ja, das ist gut, mach weiter ...»

In der Ferne, bei Chambolle, begann eine Eule klagend zu rufen. Ein Flugzeug flog in großer Höhe über den Himmel, an dem die Sterne immer zahlreicher wurden.

Plötzlich hatte er Lust, in sie einzudringen. Er drehte sich um und beugte sich über sie, Gulliver am Rand ihrer Möse.

«Nein, nein! Ich will nicht ...»

Er näherte sich ihr weiter. Die Spitze berührte das leichte Gebüsch.

«Ncin, Monsieur Nazulis.»

«Florian», korrigierte er.

Sie versuchte wieder, sich zu entziehen, aber er hielt sie bei den Händen fest. Der Körper des Önologen hatte zwischen den Beinen des jungen Mädchens Stellung bezogen; Gullivers Kopf hatte sich soeben an die triefende Öffnung gelehnt.

«Nein, nein», wiederholte sie.

Der Kopf drang einen halben Zentimeter ein. Nazulis hielt die Jugendliche immer noch in völliger Reglosigkeit.

«Ich werde in dich eindringen», kündigte er an.

«Nein!» schrie sie.

Gulliver drang noch einen halben Zentimeter weiter vor. Die Lippen des vertikalen Mundes begannen den abgerundeten Kopf fest zu umschließen.

«Ich dringe in dich ein», sagte Nazulis. «Verkrampf dich nicht ... laß es geschehen ...»

Er drang um einen halben Zentimeter vor. Die zur Hälfte eingedrungene Spitze Gullivers traf auf den elastischen Widerstand des Hymens.

Noch einmal legte er einen Zentimeter zurück. Die Enge der Passage und die Barrikade des Häutchens bildeten trotz der sie überschwemmenden Flut ein Hindernis. Florian verstärkte den Druck.

Gullivers Schaft war jetzt vollständig eingedrungen. Das Hymen hielt stand. Die junge Jungfrau begann zu jammern.

«Es tut mir weh ... Das tut weh ...»

«Das muß so sein», murmelte Florian und küßte den Mund, der sich beklagte.

Die Eule begann von neuem zu rufen. Ein Windstoß ließ das Mädchen frösteln. Florian hockte unbeweglich und angespannt über ihr.

«Jetzt», sagte er.

10

Mit einem geradlinigen Stoß drang er ganz in sie ein, mit immer tiefer reichenden, beherrschten Lendenstößen.

Sie stieß einen Schrei aus.

Flügelschlagend flog ein Vogel auf. In einem benachbarten Dorf begann ein Hund zu bellen, dann noch einer.

Dann legte sich wieder Stille über den Hügel des Clos de Vougeot.

Florian verharrte regungslos in den Tiefen des jungen Mädchens.

«Hat es dir weh getan?» fragte er.

«Ein bißchen», sagte sie und vergrub ihre Finger im Haar ihres Liebhabers. Sie zog Florians Gesicht zu sich heran und küßte es mit glühender Leidenschaft. Ein echter, langandauernder Kuß auf diesem Boden, den die Mönche voll Entzücken über das königliche Geschenk Gontrans, des Burgunderführers, bestellt hatten.

All diese Weinberge hatten ihnen eine konstante Weinquelle für ihre Gottesdienste gesichert. Und was waren das für Weine!

Während der folgenden Jahrhunderte war das Königreich der Burgunder zum Herzogtum von Burgund geworden. Die religiösen Orden verfügten immer noch über die Weinberge der Umgebung: Chassagne, Savigny, Aloxe, Santenay, Pommard, Meursault ...

Das zwischen den Reben vor Liebe zuckende Paar nahm dieselbe Umarmung zwischen Jungfer und reifem Mann wieder auf, diese von Jahrhundert zu Jahrhundert wiederholte Liebesumarmung, auf daß es bis ans Ende aller Zeiten so weitergehe. Gott der Götter! dachte Nazulis, und auf daß dieser Boden von Burgund in Ewigkeit Wein und Liebe hervorbringe.

Immer noch mit Estelle gepaart, bewegte er sich ein wenig und ließ Gulliver in diesem engen neuen Gefäß hin und her gleiten.

«Tu ich dir weh?» fragte er.

«Kaum», flüsterte sie, «du tust mir gut ... Jetzt geht es, mach weiter, ich liebe das ... oh, ich liebe das! ...»

Er drang tief in sie ein, zog sich ganz langsam zurück, drang wieder ein und zog sich von neuem zurück, umarmt von diesen heißen und glitschigen Wänden.

«Ich nehme an, daß du nicht die Pille nimmst?» fragte er.

Sie brachen in Lachen aus, und geschüttelt von einem Lachen, das so spontan und ungerechtfertigt war, wie Lachen eben ist, stießen sie mit den Köpfen aneinander.

«Und wann ...»

«Ich habe meine Regel vor drei Tagen gehabt», sagte Estelle.

«Dann brauchen wir uns keine Sorgen zu machen», befand Nazulis.

Und schon lösten sich die bisher von Florian beherrschten innerlichen Schrauben. Die Windhundmeute schnellte hoch und stürzte galoppierend vorwärts.

«Gleich komme ich», murmelte er.

«Komm», sagte sie.

Die Enge des Liebeskorridors brachte in Florian so starke Empfindungen hervor, daß er den Eindruck hatte, sich ganz in Lust verwandelt zu haben. Sein ganzes Sein bestand nur noch in einer Mischung von Begehren und Lust.

Wie er sich so mit Estelle in unwiderstehlichem Pulsieren

paarte, das ihn jetzt ganz nah an den Ausbruch heranführte, wurde Florian von derselben Kraft bewegt, die im 11. Jahrhundert den Mönch Aubin angetrieben hatte.

Der hatte es auf demselben Gras, auf dem Nazulis und Estelle sich jetzt balgten, ebenfalls am Abend eines 15. Mai einer vierzehnjährigen Schäferin besorgt – er selbst war 25 Jahre alt.

Aubin war ein geiler, wohlbeleibter Mönch. Die Weinberge hatten seinen Mitbrüdern beträchtliche Reichtümer eingebracht. Einige von ihnen, denen der Zulauf der Güter dieser Welt den Kopf verdreht hatte, hatten sich von den strengen Klosterregeln abgewandt und führten ein fröhliches Leben. Einer von ihnen war Aubin. Er liebte die ganz jungen Geschöpfe Gottes. Er nahm sie zwischen dreizehn und zwanzig Jahren, bot ihnen ein Geldstück an und legte sie zwischen den Weinbergen um. Danach ging er dann ans Überprüfen seiner Rechnungen oder seiner Weinkeller.

Bernard von Clairvaux führte im 12. Jahrhundert einen Kreuzzug gegen diesen Geist der Leichtfertigkeit, der bei den Mönchen zur Regel geworden war. 1112 kam er mit der Truppe seiner Mönchlein im Kloster von Cîteaux an und reformierte es. Der Zisterzienser-Orden entstand und nahm die Devise «Cruce et aratro» (Mit Kreuz und Pflug) an. Die Mönche begannen, den vernachlässigten Boden zu bestellen. Sie pflanzten neuen Wein. Der Weinanbau wurde zur Hauptbeschäftigung des Ordens. So entstand dank der Gaben der Herren, die von der arbeitsamen Gesundheit der Mönche beeindruckt waren, Stückchen um Stückchen das Land der Clos de Vougeot.

Die Reben, die Florians und Estelles Gezappel umgaben, wuchsen auf einer Erde, die seit den Zisterziensern zweitausendsechshundertundzehnmal bearbeitet worden war – dreimal pro Jahr.

Eine von oberhalb der Rebstöcke kommende riesige Hand hatte Florians Lenden ergriffen und sie wie die Pleuelstange einer Lokomotive hin und her geschoben.

«Estelle», murmelte er, «gleich ... gleich ...»

«Ja, komm, komm», sagte sie und öffnete ihm vollständig Beine und Körper.

Zum erstenmal in ihrem Leben spürte sie die Stöße des Orgasmus, die sich in ihr ausbreiteten und in der Höhlung ihres Bauchs Wärme verströmten. Sie zog Florian noch fester an sich.

«Beweg dich nicht», bat sie.

Zusammengesunken auf dem jungen Mädchen dachte Florian an Schubert – durch eine seltsame Assoziation, wie nur die Natur sie kennt (und deren Analyse wirklich nicht von Interesse wäre; sie hätte das Bestreben gehabt, Punkt für Punkt in diesem Labyrinth des Ichs aufzusteigen – um wo anzukommen? Auf der Schwelle eines neuen Geheimnisses). Er dachte an die zweite Bewegung der IX. Symphonie. In seinem Kopf hallte das Orchester, während seine im Achselflaum versunkene Nase sich vom Geruch des Mädchens überfluten ließ.

«Beweg dich nicht», wiederholte Estelle, die den Samen des Mannes in sich zerfließen fühlte.

«BONUM VINUM LAETIFICAT COR HOMINUM!» Die lateinische Sentenz, von den 400 Gästen der Brüderschaft der Ritter von der Weinprobe wie von einer einzigen Stimme gesprochen, hallte durch den großen Bankettsaal des Schlosses von Clos de Vougeot.

Als die Gäste sich gesetzt hatten, hatte das Echo noch nicht aufgehört, durch diesen Raum zu klingen, in dem bereits fünf Jahrhunderte vorher der Klagegesang der Mönche vibriert hatte.

Während alle Platz nahmen, herrschte für einen Moment

Stille in dem Saal, dessen Säulen mit Wappen und alten Kiepen geschmückt waren, die an die Weinlese vergangener Zeiten erinnerten.

Die Stimmung erhitzte sich schnell.

Die Brüderschaft von Burgund – eine der berühmtesten in Frankreich – hatte zahlreiche andere Zusammenschlüsse von Weinliebhabern eingeladen. Die mittelalterlichen Kostüme, die weißen und roten Togen, die schwarzen, gelben, grünen Kappen, die vielen Farben der alten Gewänder mischten sich zu einem großartigen Film in Technicolor.

Die Gefährten des Beaujolais, die Verschworenen von Saint-Emilion, die Herren der Champagne, der Rat der französischen Mundschenken, die Oberstallmeister aus Guyenne, die Herren von Bontemps du Médoc und von Graves, die Brüderschaft der Ritter vom Chantepleure de Vouvray, die Neugierigen und Höflichen Ritter des Heiligen Bacchus, der Bacchische und Epikureische Orden des Fröhlichen Wissens in Guter Küche und Gutem Trunk, die Basenschaft von Burgund, die Brüderschaft von der Trockenen Kehle, die Ehrengesellschaft der Hexer und Hexen, und die amerikanische Brüderschaft nicht zu vergessen: The Universal Order of the Knights of the Vine of California ...

Diese ganze fröhliche Gesellschaft, die Liebhaber guter Weine und guter Tafel hatten sich ein weiteres Mal zu einem Bankett versammelt. Paul Michelon hatte es mit Hilfe seiner Freunde unter den Organisatoren arrangiert, daß Florian neben der hübschesten Frau der Versammlung zu sitzen kam. Da das Gut-Trinken kein Privileg der Männer ist, hatte die Brüderschaft der Ritter von der Weinprobe eine gewissen Anzahl von Frauen willkommen geheißen – allerdings nicht irgendwelche – und auch einige bekannte Leute: Schriftsteller, Journalisten, Schauspieler, Sänger, die einen guten Ruf besaßen, was Geschmack und Stehvermögen anbetraf.

Nazulis saß also neben der überaus charmanten Jane Kirbin, der französisch-englischen Sängerin und Schauspielerin, die der Önologe für eine der aufregendsten Frauen im Show-Geschäft hielt – ein wahrer Glückstreffer.

Sie war schlank, hatte langes kastanienbraunes Haar, das bei jeder Kopfbewegung schaukelte, wunderbar blaue Augen und eine Kinderstimme, die Florians verschiedene erogene Zonen seltsam kitzelte. Eigentlich bevorzugte er die wohlgenährten Frauen, die Rundungen hatten und einen großzügigen Arsch, aber diese Jane hier besaß einen Charme, der alle Erometer sprunghaft steigen ließ.

Er gab ihr einen Handkuß der allerfeinsten Art – sie kannten sich nicht –, als ein junger, lachender Mundschenk mit einer roten Feder am Hut den Meursault einschenken kam.

Florian wandte sich seiner Nachbarin zu. Sie hob ihr Glas, und sie stießen an. Sie hatte ein so spontanes, so charmantes Kinderlachen, daß Nazulis Lust bekam, die Vorhänge hochzuklettern und einen Tarzan-im-Dschungel-Schrei auszustoßen, damit seine Jane ihn höre.

Kurzum, hier hieß es: verführen.

«Ist Ihnen», fragte er mit gelehrter Stimme, «die Bedeutung des Wortes ‹Meursault› bekannt?»

«Nein», sagte sie.

«‹Meursault› bedeutet ‹Mäusesprung›. Zwischen den Weinbergen mit roten Trauben und jenen mit weißen Trauben war die Trennung damals so schmal, daß eine Maus sie mit einem Sprung überwinden konnte. Heute ist das anders. Wie Sie wissen ist ‹Meursault› fast immer ein Weißwein – bis auf die wenigen Reben der Sorte Pinot noir, die es hier und dort in geringer Menge gibt.»

Sie hatte das Kinn auf die Faust gestützt und hörte ihm lächelnd zu.

Gott der Götter, was könnte ich ihr jetzt bloß erzählen? ...

Ich könnte vom Chablis, vom Chiroubles, vom Moulin-à-vent, vom Saint-Amour reden ... Aber vielleicht mag sie gar keinen Beaujolais ...

Man brachte gegrillte Barben nach Art des Hauses und dazu einen 1978er Chablis Grand Cru – eine Pracht –, dann den Hummer mit jungem Gemüse, serviert mit einem Pouilly-Fumé, den Florian etwas enttäuschend fand.

«Ein bißchen enttäuschend, nicht? Dieser Pouilly», meinte er zu seiner Nachbarin.

«Sie sind anspruchsvoll», sagte sie und schob ein Stückchen Hummer zwischen ihre hübschen Lippen.

«Finden Sie nicht, daß ihm der Hut ein wenig schief auf dem Ohr sitzt?»

«Bitte?» machte sie.

«Finden Sie ihn nicht ein wenig dürr?»

«Ich bin keine Spezialistin ...»

«Hören Sie nur auf Ihren Instinkt», sagte er, «auf das Vergnügen, das Ihren Mund beim Wein erfaßt ... Das ist eine ganze Welt ...»

Er geriet in Hitze. Er hatte Lust, ihre Hand zu nehmen und ihr zu sagen: Ich liebe Sie, heiraten wir, machen wir viele Kinder, ich werde dir immer treu sein, es wird keine andere Frau mehr geben ... Er bat darum, daß noch mehr Chablis Grand Cru gebracht und der Pouilly zurückgenommen werde.

Dann kam bald das Hühnerfrikassee mit Wurzelextrakt, Saint-Lambert zugeschrieben. Der Mundschenk mit der roten Feder schlug einen anderen Wein vor, aber Florian wollte lieber dem Chablis treu bleiben.

«Ist es Ihnen recht, wenn wir vor den Rotweinen bei diesem Chablis bleiben?» fragte er Jane.

«Kein Problem, Sie entscheiden», sagte sie mit ihrer Sopranstimme mit den vibrierenden Betonungen, die jeden Kastraten zur Erektion gebracht hätten ...

Der große Bankettsaal war jetzt mit fröhlichem Stimmengewirr erfüllt. Man rief sich etwas zu, Lachen brach aus, die Unterhaltungen wurden hitziger ...

Eine rosa Wolke zog vor Nazulis' Augen vorbei. Janes schönes Profil wurde unscharf. Sein Kopf drehte sich etwas. Das Leben ist gut zu mir, dachte er.

Plötzlich fuhr er zusammen. Der Präsident der Brüderschaft klatschte in die Hände und bat um Stille.

«Seien Sie versichert», sagte er, «ich werde Ihnen keine lange Rede halten. Lassen Sie mich nur all die Mitglieder der befreundeten Brüderschaften begrüßen, die uns die Freude machen, diesen Abend mit uns zu verbringen. Zahlreiche Bande verbinden uns, aber heute abend vereint uns vor allem eines: der herrliche Wein, das Getränk der Götter, der Unsterblichkeitstrunk ... Es ist Dionysos, der ...»

«Das wird eine Stunde lang so weitergehen», flüsterte Florian seiner Nachbarin ins Ohr. «Es ist bei jedem Bankett dasselbe: man feiert den Wein, aber man ist unfähig, präzise über ihn zu sprechen. Das ist wie mit der Liebe. Wie könnten Sie jemandem, der noch nichts davon weiß, das Vergnügen der Liebe beschreiben? Was würden Sie sagen? ‹Das kitzelt, das kratzt, das macht bumm, das tut gut, das bläht sich auf, das schrumpft zusammen ...›? Wie ist die unvergeßliche Empfindung der Lust zu vermitteln? Wir bedienen uns armseliger Wörter, die das Wunder sehr unvollkommen wiedergeben. Diese Dinge muß man leben, nicht sagen ...»

Sie sah ihn mit ihren großen, unendlich blauen Augen an.

«Finden Sie mich blöd?» fragte er.

Sie widersprach mit einem liebenswürdigen Lachen.

«Sie sind eine magische Frau», sagte er mit leiser Stimme zu ihr, wobei er nach rechts und links sah, ob ihnen auch niemand zuhörte. «Sie sind mehr als eine *femme fatale* ...»

Sie brach in ein Lachen aus, das sie mit ihren Händen, mit ihren hübschen langen Fingern erstickte. Man durfte den Redner nicht stören, der sich auf die bacchische Symbolik, die dionysische Kunst, auf Verweise auf das Hohelied Salomos, die Legende vom Gral, den christlichen Gottesdienst und so fort verlegt hatte.

«Sie sind eine Frau, die so ... ja, eine Frau, die so ... ich will sagen, eine Frau von so ...»

Er verfing sich in seinen Worten, als er dieser vollkommenen Frau eine unendliche Erklärung machen wollte. Sie unterbrach ihn, indem sie sich zu ihm beugte. Sie küßte ihn. Sicher, es war ein kleiner Kuß, aber ein echter, auf die Lippen und alles, Alter.

«Gott der Götter», murmelte Florian.

«... Dieses bescheidene Bäumchen aus der Familie der Ampelidazeen, mit einem Wort: der Weinstock ...» fuhr der Präsident fort.

«Gott der Götter!» wiederholte Florian. «Sie hat mich geküßt! ...»

Er bekam von neuem Lust, Johnny Weismüllers Dschungel-Ruf auszustoßen, auf den Tisch zu springen und zu rufen: Jane! Jane! Ich liebe Jane! Und, wissen Sie, sie hat mich geküßt! Aber er nahm ganz ruhig die Flasche mit dem Chablis Grand Cru aus dem Eiskübel und füllte die Gläser.

Die rosa Wolke zog noch einmal vor seinen Augen vorbei, der Saal verwackelte ein wenig, Jane hatte ihre Hand auf seine gelegt, als wäre das die natürlichste Sache der Welt, plötzlich wurde das Schnurren der Rede vom Donner des Applauses unterbrochen.

Der nächste Gang wurde dampfend auf den ausgestreckten Armen einer Armee von Obern herbeigetragen, die an Robin Hood erinnerten: Rebhuhn à la Sierra-Morena.

In seiner Wolke registrierte Florian den Duft von Madeira,

von Speck und Gewürznelken. Man servierte einen 1970er Chapelle-Chambertin, der Nazulis paradoxerweise wieder nüchtern machte. Dabei war die Redensart weit verbreitet: «Weiß auf rot: macht nicht tot. Rot auf weiß: alles vorbei.» Aber es ist wahr, Florians Reaktionen liefen oft der Norm zuwider.

«Was halten Sie von diesem Geflügel?» fragte der Önologe seine Nachbarin.

«Ich bin satt!» rief sie und hielt ihre zauberhaften Hände gerade unter ihre kleinen Brüste, deren Spitzen ein wenig hervorstanden, nicht viel, aber schön, so schön ...

Ich wünschte, sie wäre satt von mir und zehn Kindern ... träumte er, während er ihren flachen Bauch betrachtete.

«Aber sehen Sie, wie flach er ist!» rief er und legte die Hand auf den kleinen Bauch.

Durch den leichten Stoff hindurch hatte er den geschmeidigen und lebendigen Körper gespürt, und der Körper hatte die Hand gespürt, die zwischen den Zeilen so viele Liebesdinge sagte.

Jane Kirbin sah Nazulis tief in die Augen.

«Ich glaube, ich liebe Sie», sagte er.

«Hören Sie», protestierte sie lachend, «Sie haben zuviel getrunken!»

«Überhaupt nicht, absolut gar nicht», sagte er, «und selbst wenn ich getrunken hätte, wäre es dann weniger wahr?»

Sie musterte ihn neugierig, diesen seltsamen Önologen mit den so strahlenden Augen.

«Ich liebe Sie wie ein Liebender», präzisierte er.

«Aber ...»

«Kommen Sie, gehen wir, ich nehme Sie mit nach Kalifornien, da werden wir Wein anpflanzen, und ich werde Ihnen Wein und Kinder machen ...»

Sie lachte, und ihr Lachen war wie Musik, man mußte sich am Tisch festhalten, um mit den Füßen auf der Erde zu bleiben. Der Mundschenk füllte ihre Gläser mit Chambertin.

«Auf unsere Liebe!» rief Florian aus, als er sein Glas hob.

Nach den verschiedenen Vorspeisen, diesen recht angenehmen Gaumenkitzlern, die vorausgegangen waren, brachten die Robin Hoods jetzt den Hauptgang herbei: Geschmortes Rindskotelett mit Steckrüben.

«Ich könnte nie! ...» rief Jane mit ihrer hohen Stimme, als hocke sie auf den Bäumen ihrer Kindheit ... «Das ist viel zuviel», sang sie mit ihrem köstlichen englischen Akzent.

«Ich werde Ihres essen», flüsterte Florian ihr ins Ohr. «Ich habe Hunger; das ist die Liebe.»

Da der gefiederte Mundschenk anderswo beschäftigt war, füllte er die Gläser aufs neue mit dem herrlichen Burgunder, den Napoleon zu seinem Tischwein erkoren hatte und der ihm fässerweise auf seinen Feldzügen folgte. Aber ER VERSCHNITT IHN MIT WASSER, DIESER GROBIAN! Das machte Nazulis noch nachträglich krank.

«Was halten Sie von Napoleon?» fragte er seine Nachbarin.

«Sie stellen diese Frage einer Engländerin, was erwarten Sie da für eine Antwort?» fragte sie mit einem kleinen Lachen.

«Nein, nein, ich rede nicht von Politik. Ich denke an den Chambertin, den Napoleon mit Wasser verschnitt ... Finden Sie das nicht monströs?» rief er aus.

Er schenkte wieder nach. Er trank abwechselnd aus seinem Glas und aus dem Janes, um herauszufinden, was sie dachte.

«Lieben Sie mich?» fragte er.

«Aber ich kenne Sie nicht!»

«Ein Grund mehr», murmelte er.

Er leerte sein Glas.

«Die größten Lieben gibt es dann, wenn man sich noch nicht kennt, wenn man aber schon den Funken, das Wesentliche des anderen wahrgenommen hat, verstehen Sie?»

Sie sah ihn mit ihren Augen an, die jede Menge blaue Länder in sich trugen.

«Finden Sie mich blöd?» fragte er wieder.

«Aber nein!» entgegnete sie und küßte ihn sanft, um ihn dessen zu versichern.

«Ach, ich sehe schon, daß Sie mich nicht wirklich lieben, nicht so wie ich Sie liebe!»

«Ich mag Sie gern», sagte sie, «aber wie wollen Sie ... Wir kennen uns erst seit zwei Stunden.»

«Ach, ich sehe schon, daß Sie mich nicht wirklich lieben», wiederholte Nazulis verzweifelt. «Da ist das Leben einmal nicht gut zu mir!»

Etwas taumelnd stand er auf.

«Wohin gehen Sie?» fragte Jane.

«Ich weiß nicht. Egal wohin. Nirgendwohin.»

Er durchquerte den großen Saal voller Menschen, Lachen, Lärm, Rauch und Braten, trat durch die große Eingangstür und fand sich in der Frische der Nacht wieder. Aus der Ferne grüßte ihn der Ruf eines Kuckucks.

«Grüß dich, Kuckuck», sagte er traurig.

In einiger Entfernung vom Schloß setzte er sich auf ein steinernes Mäuerchen. Einer der Wächter des Clos de Vougeot bemerkte ihn und kam herbei. Er trug einen Schnurrbart und einen Helm mit Visier, das die Lichter des Schlosses reflektierte.

«Fühlen Sie sich nicht gut, Monsieur?» fragte er.

Er war an die großen Bankette gewöhnt, deren gastronomische Exzesse in diesem Garten zu enden pflegten.

«Nein, doch, es geht, es geht», meinte Florian, «es ist das Herz.»

«Soll ich einen Arzt holen?» schlug der Mann vor, der plötzlich doch beunruhigt war.

«Es ist nicht das medizinische Herz», sagte Florian, «es ist das andere, es ist die Liebe.»

«Ach so!» meinte der Wächter beruhigt. «Ach so!»

Er zog sich in den Schatten zurück.

Florian streckte sich auf dem Mäuerchen aus und betrachtete die Galaxis. Zweihunderttausend Millionen Sterne (wovon nur eine Million katalogisiert waren) besäten die große blau-schwarze Leere, die über den Weinbergen hing. Er suchte die Planeten: Mars, den großen roten Punkt dort hinten, Jupiter, Merkur, Venus, Saturn, Uranus, Neptun, Pluto.

Eine Sternschnuppe überquerte einen Teil des Himmels und zog für eine halbe Sekunde ein leuchtendes Kielwasser nach sich.

Ich muß mir etwas wünschen, sagte er sich. Daß sie zu mir kommt, hier, jetzt.

Er drehte sich um.

Da war sie, ganz nah bei ihm, aufrecht in ihrem kleinen schwarzen Kleid, das mit Brillanten besetzt war, die genauso leuchteten wie die Himmelskörper.

«Geht es?» fragte sie.

«Es geht», sagte er. «Ich habe die Sterne angesehen, die Tiere des Zodiac.»

Er lag immer noch auf den Steinen des Mäuerchens, und so sah er sie verkehrt herum und in einem Winkel. Ein Stern auf gestirntem Hintergrund ... eine schöne Einstellung, ach ja ... Ein schöner Film ...

Er beobachtete, wie sich das Gesicht des Stars zu ihm neigte. Ihre Haare streichelten seine Wangen, sie kitzelten ihn etwas, und plötzlich spürte er ihre Lippen auf den seinen. Ein Kuß von einer Sanftheit ... Ein Kuß, wie er noch nie einen bekommen hatte – das war göttlich.

«Wir haben das Essen nicht beendet», sagte sie in ihrer kleinen singenden Stimme.

Während die junge Frau ihn zum Schloß hinzog, ihren Arm unter seinen geschoben, hob Florian den Kopf und wandte sich ans Leben.

«Ich bitte dich um Verzeihung», sagte er. «Ich nehme zurück, was ich vorhin gesagt habe. Du bist immer gut zu mir.»

11

Nazulis beobachtete schon seit geraumer Weile die Gymnasiastinnen, die auf der Aschenbahn des Stadions an der Porte d'Orléans ihre Runden drehten. Sie trugen rosa, blaue, gelbe, rote oder grüne Trainingsanzüge, und schnell atmend, mit angewinkelten Ellbogen, liefen sie an ihm vorbei.

Große magere Mädchen mit langen Beinen oder kleine laufende Blutwürste, einige hübsch, andere weniger, Brünette, Blondinen, ein oder zwei Rothaarige, ein Mädchen von den Antillen mit Milchkaffee-Haut: die ganze Klasse 12 D war da.

Um besser laufen zu können, hatten einige Mädchen die Hosen ihrer Trainingsanzüge ausgezogen und so ihre nackten Beine befreit, die nun mit großen Schritten davonflogen. Die sehr kurzen Shorts – wie der Name schon sagt – reichten bis an den Rand der Hinterbacken und erlaubten es, Florian die verschiedenen rückwärtigen Kurven zu studieren. Er machte sich Notizen in ein Büchlein.

Da gab es kleine Rehhintern auf langen, schmalen Beinen oder viereckige Körbe mit flachen Hinterbacken oder magere Kruppen auf so zerbrechlichen Stutzen, daß der Betrachter sich fragte, wieso sie nicht zerbrachen in diesem Lauf gegen die Stoppuhr und die gellende Trillerpfeife der Sportlehrerin; sie war eine solide Professionelle, und mit ihren viereckigen Kiefern und ihrem Elefantenarsch ähnelte sie einer sowjetischen Kugelstoßerin.

Jedes Mädchen, das vorbeikam, hinterließ als Kielwasser einen bestimmten Geruch. Diese Düfte notierte Florian ebenfalls. Seit einer ganzen Weile schon war ihm eine besonders interessante Duftwolke aufgefallen. Sie stammte von einer kleinen, muskulösen Blondine, die eben ihre achte Runde lief. Ihr langes hellweizenfarbenes Haar wurde von einem jener weißen Bänder zusammengehalten, die jedem Tennisamateur das Aussehen eines Champions verleihen. Das hübsche, von der Anstrengung leicht gerötete Gesicht kam zum achtenmal vorbei und brachte Nazulis' Kopf dazu, sich zu drehen. Aber vor allem hatte sie hübsche Hinterbacken, oh, was für ein Vollmond! Rund, muskulös, geistvoll! Ein erstklassiger Arsch auf soliden, ein klein wenig schweren Beinen.

Der Wolf leckte sich die Lefzen und rückte seine Schirmmütze zurecht, die ihn als Bediensteten der Elektrizitätswerke auswies.

Die Schülerinnen begannen die zehnte Runde. Nacheinander liefen die verschiedenen Duftwolken vorüber und ließen die Nüstern des Wolfs vibrieren, der ihnen mit teils bezaubertem, teils irritiertem Maul auflauerte. Jede Duftwolke bestand aus einer besonderen Mischung: Gerüche von Anstrengung, von Lust, Unlust, Angst, kürzlich erlebtem Orgasmus oder wiederholter Frustration. Er durfte sie nicht durcheinanderbringen. Seine Tiernase prüfte den Wind mit großer Aufmerksamkeit.

Die kleine Blonde dort hinten kam wieder auf Nazulis zu. Nach innen gebeugt nahm sie die Kurve mit feurigem Knie, die hübschen Brauen waren vor Anstrengung gerunzelt. Pfeilschnell lief sie zum zehnten- und letztenmal vorbei. Die Härchen in der Nase des Schnüfflers bewegten sich noch mehr und übermittelten dem hungrigen Gehirn ihre Million von köstlichen Informationen.

Die Kugelstoßerin hatte das Auge auf die Stoppuhr geheftet, sagte die Zahlen an und griff dann zur Pfeife, die an ihrem Hals baumelte. Sie pfiff dreimal zum Sammeln.

Der Wolf vom E-Werk folgte lippenleckend und in guter Entfernung der Truppe der Schülerinnen, die in die Sporthalle drängte. Er betrat den Schafstall auf Zehenspitzen und wurde plötzlich von einer Mischung scharfer Gerüche überfallen. Die Mädchen zogen ihre Trainingsanzüge aus, einige um duschen zu gehen, andere einfach nur so.

Die von Jungmädchengerüchen erfüllte Sporthalle hallte vom endlosen Geschwätz der jungen Damen wider. Eine von ihnen, die ernsthafter war als die anderen, fuhr mit ihren Leibesübungen fort. Sie hatte die parallelen Holme in einer Position zwischen die Beine genommen, die die wölfischen Lefzen geifern machte.

Sie übte den Spagat. Das eine Bein lag auf einem Holm, das andere auf dem Parallelholm. Das extreme Spreizen der Beine ließ das Knöpfchen des Mädchens hervorspringen, das ein Höschen aus starkem Gummi natürlich gut versteckte, aber war da nicht doch ein Fehler im Schutzsystem? fragte sich der Wolf vom E-Werk, der etwas blitzen zu sehen meinte. Er ging noch näher heran, und tatsächlich hatte die Dehnung des Stoffs eine leichte Bresche geöffnet, durch die hindurch man die roten Kräusel des ganz jungen Pelzes wahrnehmen konnte.

«Sie kommen wegen der Zähler?» fragte die sowjetische Trainerin.

Aus seinen Betrachtungen gerissen, sprang der Wolf auf.

«Ja», sagte er und rückte seine Mütze zurecht.

«Die Zähler sind ganz hinten», rief ihm die Kugelstoßerin zu.

«Sie haben sehr begabte Schülerinnen», begann Nazulis versöhnlich und mit raubgierigem Lächeln. «Welche Leichtigkeit, welche Eleganz! Ich bewundere sie.» (Ach ja, welch hübsche Kräusel, welch schöne Möse, ach, die zauberhaften kleinen Brüste!)

«Sie müßten sie mal auf dem Trampolin sehen, dassisswas», versicherte die Dicke, die schon wieder pfiff. «Los, Mädchen, Schluß für heute!»

«Auf Wiedersehen, Mademoiselle!» rief eine Bohnenstange mit schon verwelkten Schenkeln.

«Die Zähler sind da hinten rechts», bedeutete sie dem Angestellten.

Die Pfeife am Hals, ihre Stoppuhr in der Hand, kehrte sie ernst und konzentriert zum Stadion zurück, wo die 11 C auf sie wartete.

Die Mädchen waren ganz in ihre Gespräche über Sänger und Idole verstrickt und achteten überhaupt nicht auf den Angestellten im blauen Anzug, der sie, eine nach der anderen, beobachtete und aufmerksam ihren Duft einsog und den besten und den schlechtesten auswählte. Der Mann mit der Mütze hielt sich wirklich sehr diskret – durchsichtig fast vor Diskretion – in der dunklen Ecke des Hühnerstalls auf, in dem ganz unglaublich gegackert, gequäkt, aufgestampft wurde.

Die Mädchen zogen sich aus. Ein Mahlstrom von Gerüchen strömte durch den Raum. Die Ausdünstungen von Schweiß und verschiedener Talgdrüsen sättigten die Atmosphäre. Florians Kopf begann sich zu drehen.

Da bemerkte er eine ganz Bezaubernde.

Es war nicht die kleine Blonde aus dem Stadion, sondern eine große, schmale Brünette mit einem vollkommen ovalen Gesicht, schönen dunklen Augen und langem schwarzem Haar, das sie mit erhobenen Armen und jugendlicher Anmut löste. Sie zog ihre Sportsachen aus und erschien mit matt schimmernder Haut, nackt und großartig. Ihre kleinen Brüste mit braunen Aureolen reckten sich. Der Tuff ihres Deltas war schwarz und klein.

Der Wolf vom E-Werk sprang aus dem Schatten und stürzte in die Kabine, in der sie gerade verschwunden war.

«Oh!» machte sie überrascht, aber sogleich war sie bezaubert, besiegt, erobert.

Mit der sehnsüchtigen Dehnung einer Ballerina hob sie die Arme, bereit, diesem bemützten Angestellten, der ach so männlich war, alles zu geben – daß er sie umwerfe, sie vergewaltige und wild in sie eindringe! Gierig nach Lust leuchteten die Augen des Mädchens im Dunkeln.

Plötzlich begann Nazulis' Nase ein durchdringendes Alarmsignal auszusenden. Die Nasenhärchen sträubten sich. Florian verzog das Gesicht. Gulliver zog sich zurück wie ein alter Buddha. Von der Schülerin ging ein unerträglicher Geruch aus. Man mochte meinen, sie röche wie ein ranziger Hase, der tagelang in Adrenalin mariniert wurde.

Florian floh und kehrte in seine dunkle Ecke zurück; er atmete heftig aus, um den Rest der verpesteten Luft aus seinen Nüstern zu vertreiben. Wie konnte man so entzückend sein und so schlecht riechen? Sie muß verkehrte Gedanken haben, sagte sich Nazulis, der zu verstehen suchte. Zu viel Moral und nicht genug Orgasmen ... Selbst ihre Nymphomanie war suspekt ... Ach, machte er ärgerlich, ich verstehe das nicht ...

Die in ihr endloses Geplapper vertieften Mädchen bemerkten ihn nicht einmal – alles drehte sich nur um die Sänger.

Endlich erschien die hübsche Blonde aus dem Stadion, die so gut roch; sie trug einen gelben Trainingsanzug. Aber wo war sie gewesen? Gymnastikübungen? Zusätzliches Training? Sie war ganz außer Atem.

Sie nahm das Stirnband ab, und ihr hellweizenfarbenes Haar fiel auf ihre Schultern. Sie zog sich das Oberteil ihres Trainingsanzugs über den Kopf, dann ein T-Shirt «US Army», dann einen kleinen BH. Sie war unter den Armen rasiert, wie schade! Für eine Viertelsekunde beugte sie ihre

Nase zu ihren Achseln hinab und runzelte unzufrieden die Brauen.

Man riecht nicht unbedingt schlecht, wenn man schwitzt, protestierte Florian innerlich. Du riechst gut, das weiß ich.

Das Mädchen zog ihre Trainingshose aus, erschien in Shorts, und von neuem bewunderte Florian ihre schönen, runden Hinterbacken.

Gott der Götter, ich habe Lust auf sie, sagte er zu sich. Sie zog den Reißverschluß der Shorts herunter und zog sie aus. Der kleine Popo sprang fast in seiner ganzen Pracht heraus – noch war er mit einem himmelblauen Höschen bekleidet. Das Höschen wurde ausgezogen, und der Arsch zeigte sich IN SEINEM GANZEN GLANZ.

Da bemerkte sie, daß Nazulis in seiner dunklen Ecke saß und sie mit den Augen verschlang. In einem Reflex von Scham bedeckte sie sich mit dem Handtuch.

«Ich komme die Zähler ablesen, beunruhigen Sie sich nicht», sagte Florian.

«Ah gut», sagte sie einfach und legte sich das Handtuch um den Hals.

Sie ging auf die Duschkabine zu. Florian sah nach rechts und links und ging los. Er kam gerade in dem Moment bei ihr an, als sie die Tür schließen wollte. Er verriegelte sie hinter ihnen.

«Aber, aber!» rief sie. «Sind Sie nicht ganz richtig im Kopf?»

«Hab keine Angst, ich bin ein guter Wolf. Ich fresse nicht, ich lecke. Ich beiße nicht, ich lutsche.»

Er ergriff das Handtuch des Mädchens und hängte es an den Haken.

«Aber, aber ...» wiederholte sie.

Er roch an ihrem Haar, ihren Schultern, ließ sie die Arme heben. «Du hast unrecht, dich da zu rasieren», sagte er, «das ist nicht mehr in Mode, das ist ein veraltetes Spiel. Die Brauen auch nicht, du mußt sie nicht mehr zupfen. Versprochen?»

«Hören Sie, Monsieur ...» sagte sie.

«Ja?» fragte Nazulis.

Sie sah ihn mit ihren großen blauen Augen an, die im feuchten Halbdunkel leuchteten. Sie war nicht außer sich, aber doch ziemlich überrascht.

Der Schnüffler fuhr mit seiner Untersuchung fort. Die Nase, die auf der unglücklicherweise gejäteten Zone verweilt hatte – die dabei trotzdem gut nach Frühling roch –, fuhr den Bauch entlang hinab und schnupperte an der Rundung der Hüften.

«Mmm!» machte Florian glücklich. «Ein Genuß!»

Er kniete nieder und roch an dem blonden Tuff, wobei er die Nase an den seidigen Federn rieb. Wie ein Arzt, der jemanden abhorcht, drehte er die Schülerin und stellte sie andersrum hin. Jetzt befand sich sein Gesicht in Höhe des Ballons.

«Mmm, Mmmmmmm!» wiederholte er naschhaft, die Nase an der Rundung ihrer Backen.

Er stieg noch weiter hinab, glitt am Flaum der Schenkel, dann der Beine entlang. Schließlich kam er bei ihren Fesseln an.

Er erhob sich wieder.

«Du bist ganz gesund», sagte er.

Natürlich hatte sich Gulliver seit einer geraumen Weile aufgerichtet. Er machte sich für das Fest bereit und gab unter dem Känguruh kleine Kopfstöße von sich.

«Nimmst du die Pille?» fragte Florian.

«Ja», antwortete sie.

«Wie alt bist du?»

«Sechzehn.»

«Nicht mehr ganz jung, he? Du mußt dich mit dem Leben beeilen, Alte.»

Sie begann zu lachen.

«Und Sie?» fragte sie. «Wie alt sind Sie?»

«Einige Jahre älter als du», murmelte er, «reden wir nicht davon.»

«Sind Sie wirklich ein Angestellter vom E-Werk?» fragte sie.

«Was denkst du?»

«Meiner Meinung nach: nein.»

Aus der Nachbarkabine ertönte ein doppeltes, frenetisches Lachen. Die Tür knallte zu. Im Umkleideraum fuhren die Mädchen fort zu schwatzen, zu plappern, zu rufen: «... Super ... Er haut mich voll um, der Typ ... Ich sterbe ... Spitze, Alte, das muß man sagen ... Bei der Musik flippe ich völlig aus ...»

In ihrer Kabine hatten Nazulis und die Schülerin einen Kuß begonnen, aber was für einen Kuß! ... Direkt, ganz voller Ungestüm. Ach, der glückliche Gulliver, der durch die blaue Hose im Verwaltungsstil das buschige Relief des kleinen Hügels abtastete.

«Willst du vögeln?» fragte die Schülerin.

«Was für eine Frage! Sieht man das nicht?»

«Gehen wir zu dir?» schlug sie vor.

«Hier», sagte er.

«O ja!» machte sie und gab ihren Mund von neuem an einen muskulösen Kuß hin.

Mit erstaunlicher Glut verflocht sie ihre Zunge mit der Florians. Sie war eine wirkliche Sportlerin, bis zur Zungenspitze.

Gulliver rieb weiter seinen Schädel an der Mühle des Mädchens, die auf athletische Art mit den Hüften kreiste.

Nazulis nahm seine Schirmmütze ab und hängte sie an den Kleiderhaken. Während er seine Uniform aufknöpfte, hatte sie sich die Kopfbedeckung aufgesetzt und schnitt Grimassen.

«Wo hast du die gefunden?» fragte sie.

«Auf dem Flohmarkt. 100 Francs samt Uniform.»

Sie hängte die Mütze wieder auf und legte ihre Hand ohne weitere Einleitung auf Gulliver.

«Nicht schlecht», sagte sie.

Die Jugend hat Fortschritte gemacht seit meiner Zeit, sagte sich Florian, hier und da gibt es wohl noch einige archaische Moralkodexe, einige parasitäre Kirchen, die unsere lieben Kinder vergiften, aber insgesamt: keine Komplexe!

Die Schülerin drehte Gulliver in alle Richtungen – soweit seine Anatomie das zuließ –, sie hob ihn, senkte ihn, knetete und taxierte ihn.

«Nicht schlecht», wiederholte sie.

Sie hätte auch sagen können: SUPER! dachte Florian. Dann wäre ich in die höhere Kategorie aufgestiegen, aber egal. Ich fühle mich wohl, so wie ich bin – alles in allem normal –, und mein Kompagnon funktioniert wunderbar.

«Warte!» stieß die Jugendliche hervor.

Sie beugte sich hinab und verschlang den entzückten Kompagnon mit dem Mund.

Ach ja, was für Fortschritte! wiederholte sich Florian voller Begeisterung. Sie ist großartig, diese neue Generation!

«Ist das gut?» fragte sie und hob den Kopf zu Florian empor.

«Super!» versicherte er. «Haut mich voll um. Das ist irrsinniger als du, ich sterbe!»

«Willst du in meinem Mund oder in meiner Möse abspritzen?» fragte die Gymnasiastin.

«Na ja ... Hum ...»

Angesichts solcher Unverblümtheit war selbst Nazulis fast geniert.

«Zumindest hast du keine Pilze?» fragte die Jugendliche.

«Ah nein, nein», protestierte er.

«Soll ich dir einen Kleinen runterholen, so vielleicht?»

Sie machte sich daran, ihn mit verdächtiger Kunstfertigkeit zu schütteln.

«Hum», machte Nazulis, «du bist wirklich befreit.»

«Befreit wovon?» fragte sie, während sie den fest mit der Hand umfaßten Gulliver schnell hin und her gleiten ließ.

«Hör mal», brachte der Önologe kurzatmig hervor, «soll ich dich nicht mal ein bißchen streicheln?»

«Aber ja, sicher!» rief sie aus und leckte Gulliver mit einem Zungenschlag. «Bist du gut im Cunnilingus?»

«Ich halte mich ganz gut», sagte er.

«Wenn du willst», schlug sie vor, «fellationiere ich dich ein bißchen, es sei denn, du ziehst es vor, von meinem Finger sodomisiert zu werden. Läßt du dich gerne sodomisieren?»

«Um ehrlich zu sein ... nicht so sehr», meinte Florian.

«Und wie ist es mit Dope», fragte sie, «was macht dich da an?»

«Wein», sagte er.

Eine Sekunde lang war es still. Mit halbgeöffnetem Mund starrte sie ihn ungläubig an. Sie brach in ein so irres Gelächter aus, daß die Trennwände der Kabine erzitterten.

«Bist du's, Natacha? Mit wem bist du da?» fragte eine Stimme aus der Nachbarkabine.

«Mit dem Angestellten vom E-Werk», antwortete sie. «Und du?»

«Mit Valérie.»

«Seid ihr am Vögeln?» fragte Natacha.

«Wir fangen gerade an. Und du?»

«Auch», meinte die Gymnasiastin.

«Ist er gut?» fragte die Nachbarin.

«So la la», sagte Natacha.

Der Satz schlug Nazulis wie eine kalte Dusche ins Gesicht. Sie sind hart in diesem Alter, sagte er sich.

«Sollen wir kommen?» schlug die Stimme vor.

«Macht dich das an, zu dritt zu vögeln – zu viert, meine ich?» fragte Natacha.

«Mein Gott ...» brachte Florian heraus.

«Mach uns unauffällig die Tür auf, keinen Skandal», befahl die Nachbarin ... «Ich sehe nach, ob auch keine Gefahr droht!»

Zwei kleine, nackte Körper drängten sich in die Kabine.

«Okay!» sagte Natacha. «Wir werden uns stapeln, wir werden uns 'ne Orgie gönnen!»

«Grüß dich», meinte die Größere, streckte Gulliver die Hand hin und schüttelte ihn.

Sie begannen vor Lachen aufzuheulen.

«Was gibt's? Was macht ihr?» fragte ein Mädchen auf der anderen Seite der Trennwand.

«Hier ist kein Platz mehr, alles voll!» rief Natacha. «Gut», sagte sie, «dann stelle ich euch meinen Freund vor ...»

«Florian», sagte Florian.

«Also dies ist Sophie und dies ist Valérie.»

«Immerhin, er ist nicht schlecht», meinte Valérie.

«Du bist mir lieber», gab Sophie zurück und machte sich daran, sie auf autoritäre Weise zu küssen. Von diesem Beispiel ermutigt verfuhr Natacha mit Florian ebenso.

Dieser ließ sich von der Situation langsam außerordentlich erregen.

Die vier Körper berührten sich, streichelten sich, rieben sich aneinander. Die blonde Natacha, die brünette Sophie und Valérie, «die einzige, die nicht rasiert ist unterm Arm», registrierte Florian erfreut.

Er hatte ein Faible für Valérie.

Gulliver dagegen wußte nicht mehr, wohin mit seinem Kopf. Drei Frauen auf einmal! Er rechnete damit, sie nacheinander aufzuspießen.

Natachas Kuß ging zu Ende. Sie zog ihre Zunge zurück und rang einen Moment lang nach Atem. Ihre beiden Freundinnen aber küßten sich immer noch, und ihre Bäuche rieben sich aneinander.

«Willst du, daß ich dir einen ablutsche?» fragte sie Florian.

Bevor er noch reagiert hatte, war sie schon hinabgetaucht und hatte Gullivers Ende mit dem Mund verschlungen. Die Gymnasiastin wußte, wie man's macht. Sie hielt Gullivers Basis fest, bewegte sich langsam hin und her, legte ihre Zunge auf den richtigen Punkt und schloß ihre Lippen so fest wie nötig. «Oh la la! ...» seufzte er.

Valérie löste sich von ihrer Freundin und drehte Nazulis ihr Gesicht zu.

«Du bist nicht schlecht. Du gefällst mir», sagte sie.

Während Natacha auf dem Lattenrost kniend mit Lutschen fortfuhr, nahm Valérie Florians Gesicht in beide Hände und küßte ihn leidenschaftlich.

Zwischen diesen beiden Mündern wußte Florian nicht so recht, wo er war. Unten hatte er die reine, glühende Lust und oben den langandauernden, sinnlichen Kuß.

«Streichle mir ein bißchen die Klito, Sophie», stieß Natacha hervor.

Den Mund an Florian, die Hand an Natacha, so erhielt Sophie ihrerseits die Liebkosung, die ihr Valérie, immer noch Florian küssend, mit dem Zeh verpaßte. Das Seufzen und Stöhnen des Quartetts brachte mal sehnsüchtige, mal in einem kleinen Schrei gipfelnde Variationen hervor.

«Ich nehme deinen Platz ein», verfügte Sophie plötzlich, «ich werde ihn voll auspumpen.»

Am Ende seines Gullivers spürte Florian den anderen, drängenderen, schnellen Mund, der ihn voll Leidenschaft einsaugte.

«Oh la la ...» wiederholte er.

Der Kuß mit Valérie dauerte an. Vor dem letzten Verströmen – das er ganz nahe fühlte, aber noch hielt er sich mit aller Kraft zurück und kostete die Intensität dieses vielfachen Genusses aus – hatte Florian Lust, die Achseln der Gymnasiastin zu riechen. Er entriß sich ihrem Mund und ließ sie die Arme heben. Mit der Nase strich er an dem kleinen Tuff feiner Haare entlang. Der würzige Geruch verschaffte ihm noch größere Erregung.

«Oh la la la la», seufzte er noch, «ich werde ...»

Um nicht untätig zu bleiben, stellte sich Natacha hinter Florian und zwang ihn mit kleinen Stößen der angespannten Zunge, die Arschbacken auseinanderzustrecken. Sie erreichte das Loch.

Das war zuviel.

Sophies Mund empfing den spritzenden Guß, Natachas Zunge spürte die bebenden Kontraktionen, und Valérie hielt den vom Blitz getroffenen Florian fest.

Einige Augenblicke später hielt der wieder mit seinem E-Werksanzug bekleidete Nazulis Natacha einen kleinen, zusammengefalteten Zettel hin, auf den er seine Telefonnummer geschrieben hatte.

Er winkte den drei Gymnasiastinnen mit der Hand ein kleines «Auf Wiedersehen» zu. – Da gibt es keinen Zweifel, sagte er zu sich, als er das Gitter des Stadions durchschritt, sie ist ganz schön befreit, die neue Generation.

12

Die Finger der Morgenröte streichelten schon eine ganze Weile Florians Fensterladen, als er erwachte.

Erstaunlich, sagte er sich, Gulliver schläft noch. Das ist gar nicht seine Art. Er wacht doch immer vor mir auf ...

Er richtete den Blick auf die vertrauten Gegenstände, hörte die morgendlichen Geräusche und schnupperte die Luft ein.

Seltsam, ich rieche nichts ...

Er setzte sich auf den Bettrand, und wie ein irischer Setter hielt er die Nase in verschiedene Richtungen.

Das ist unerhört ... ich rieche nichts!

Er stand auf, ging zum Fenster, öffnete es, stieß die Laden auf. Der Himmel war mit grauem Nebel bedeckt. Mit erhobener Nase atmete er in kleinen Zügen ein, blieb unbeweglich, wartete und wiederholte die Prozedur.

«Na so was, na so was! ...» murmelte er.

Einen Moment lang lief er orientierungslos und aufgeregt im Zimmer herum.

Nicht möglich ... Das ist nicht möglich ...

Er holte eine Flasche 1967er Château-Margaux, entkorkte sie und hielt die Nase an den Flaschenhals.

Nichts.

Er stürzte sich auf die Flasche Burgunder, Hautes-Côtes-de-Nuits. Die hatte er für eine besondere Gelegenheit aufbewahrt. Egal. Er mußte sich vergewissern. Wenn er den Burgunder nicht mehr roch, na dann ...

Mit zitternder Hand drehte er den Korkenzieher in den Korken und zog. Der Korken zerbröselte. Er versuchte, das Ende des Korks herauszufischen, aber er drückte ihn nur noch weiter hinein. Mit zusammengepreßten Zähnen fluchte er, wobei er alle Obszönitäten seines Wortschatzes hersagte. Er schüttete die wertvolle Flüssigkeit in ein Burgunderglas und führte es an seine Nase.

Nichts.

Die Panik begann ihn zu erfassen. Er ging in die Küche, und aus den Schränken zog er Ästchen von Thymian und Lorbeerblätter, zerbrach ein gläsernes Röhrchen, das Vanille enthielt, warf Zimtpuder um, verstreute Pfeffer und Gewürze ... Er ergab sich in das Offensichtliche: er roch nichts mehr. Sein Geruchssinn war wie tot.

Er ließ sich auf einen Stuhl fallen und sah auf den Boden wie ein Heiminsasse, mit hängendem Kiefer, leerem Gehirn.

Das Klingeln des Telefons ließ ihn auffahren. Es war Sandra.

«Wie geht's dir, mein Zicklein? Was machst du? Ich habe Lust, dich zu sehen! Fototermin bis 1 Uhr früh ... Ich mußte mich riesig beeilen wegen der Absperrung ... Ja, ein Titelfoto ... Im Profil, dem Meer gegenüber ... Vollkommen nackt ... Mach mir einen Kaffee ... Wasch dich nicht! Ich komme!»

Florian bewegte sich wie ein Automat. Er nahm das kolumbianische Puder aus der eisernen Dose, öffnete die Évian-Flasche, stellte die Maschine an. Er hörte das Gluckgluck des Wasserdampfs, aber ER ROCH NICHTS!

Die Eingangsklingel läutete. Er öffnete die Tür. Sandra erschien; sie sah glänzender aus denn je, ihre kleinen weißen, strahlenden Zähne kontrastierten mit ihrem gebräunten Gesicht. Sie warf sich ihm in die Arme.

«Mein Zicklein, mein Geißlein! ... Küß mich, schnell.»

Innerhalb einer Minute war sie nackt und rekelte sich in den

Armen eines Florian, der einen Winkel der Zimmerdecke anstarrte.

Sandras Gesicht stieg hinab. Ihre Lippen berührten den schlafenden Gulliver. Ihre kleine Zunge begann mit dem Tier zu spielen.

NICHTS.

«Hum», machte Florian, dessen Blick sich noch immer auf einen Winkel der Zimmerdecke heftete.

«Was ist los?» fragte Sandra.

«Hum», machte er.

«Hast du keine Lust mehr auf mich?»

Sie streckte sich neben Florian aus. Ihr Bauch war weich. Ihre Lippen waren heiß. Sie war schön, unendlich begehrenswert. Und Gulliver war eingeschrumpft, und Florian roch nichts mehr, und das Leben blieb stehen.

«Hast du keine Lust mehr auf mich?» wiederholte Sandra.

«Hum», machte Florian, den Blick verloren an die Decke gerichtet.

Sie machte sich also daran, den Gipfel der erotischen Wissenschaft anzuwenden. Selbst ein Kastrat der Sixtinischen Kapelle hätte diesen sehnsüchtigen und wollüstigen Anstürmen nicht widerstanden. Sie entfaltete die Geschicklichkeit einer Professionellen.

NICHTS.

«Na, Klasse», rief sie plötzlich wütend aus. «Wenn du keine Lust mehr auf mich hast, habe ich hier nichts mehr zu suchen!»

Sie stand auf, zog sich an. Die Tür schlug zu. Florian sah immer noch an die Decke.

Nach einer geraumen Weile stand er stumpfsinnig auf. Er zog sich an, ging auf die Straße. Die Passanten, die Autos, die Läden waren wie in einen Dunst gehüllt. Er hatte den Eindruck, durch Nebel zu gehen.

Er kam bei den Seine-Quais an und sah lange dem Fließen des Wassers zu. Er fühlte sich leer, leblos, begierdelos. Versunken betrachtete er die schimmernden Wellen des grauen Wassers.

Die Stunden vergingen. Am Nachmittag veränderte sich der Himmel. Es war ein Wind aufgekommen, der die Wolken jagte. Ganz dicht neben Florian wirbelte ein Windstoß Zeitungsblätter, altes Papier und Staub auf. Die Sonne schien. Und plötzlich kitzelten Duftwolken von Miss Dior Florians Nase.

Er stand auf, folgte dem Duft. Sie war eine entzückende Rothaarige. Ihr Schritt zeigte an, daß sie keine Eile hatte. Er kam neben ihr an.

«Sie riechen gut», sagte er.

Sie sah ihn kalt an. Er war ernst. Da erschien der Anfang eines Lächelns auf ihrem Gesicht. Er näherte sich ihr.

«Erlauben Sie?»

Seine Nase glitt an ihrem Haar, ihrem Nacken, ihrer Schulter entlang und sog den herrlichen, natürlichen Geruch ein. Er schnüffelte hörbar.

«Haben Sie Schnupfen?» fragte sie.

«Das ist nichts. Ein Rest von Schnupfen. Ich war sehr krank. Das ist vorbei. Kommen Sie. Trinken wir ein Glas.»

Als die Entzückende umworben, umgelegt, umhätschelt worden war, kehrte Florian nach Hause zurück. Im Eingang seines Hauses nahm er im Vorbeigehen die Post aus der Höhle seines Briefkastens. Er legte die Briefe auf den Tisch und auf den Plattenteller das *‹Quintett für Piano und Saiteninstrumente›*, genannt *‹Die Forelle›*, gespielt von Rudolf Serkin. Er zog sich aus und ging unter die Dusche, wo er sich damit amüsierte, den Knopf abwechselnd auf Blau und auf Rot zu drehen. Die vom Schubertschen Genius belebte Forelle sprang in den Fluten des silbrigen Wildbachs, spielte mit dem Licht und mit dem Leben.

Er trocknete die dampfende Haut mit einem Handtuch ab, das gut nach Lavendel roch (kleine Säckchen zwischen den Wäschestapeln, eine Tradition seiner Großmutter).

Als die Platte beendet war, drückte er auf den Knopf «Anrufe» seines Anrufbeantworters.

«Also, also!» näselte eine weibliche Stimme. «Du hast immer noch nicht zurückgerufen, Schurke, Räuber! Ich küsse dich. Ruf mich an.»

Aber wer ist das, Gott der Götter, fragte er sich.

Das Band lief weiter. Es gab ein «Bip».

«Schatz, ich bin's, Ariane. Die River-Berthoux geben Samstag ein Fest. Da werden jede Menge Verrückte sein, es wird irre, ich rechne auf dich, mein süßer Irrer. Thema der Verkleidung: die Monstren. Ich trau dir da was zu ... Küßchen, Küßchen.»

Die Aufnahme machte wieder «Bip».

«Das Haus Saadi ist glücklich, Ihnen seine beste Auswahl an Orientteppichen vorstellen zu können, deren Preise alle Konkurrenz ...»

Er ließ das Band schneller laufen. Eine melodische Stimme war zu hören. Voll ins Herz getroffen fuhr Florian auf. Das war sie!

«Guten Tag!» sang die kindliche Stimme. «Wollen Sie übermorgen zum Essen kommen? Ich werde kochen, wenn Sie keine Angst haben vor inglischen Rizebten, kommen Sie. Ich küsse Sie.»

Das war Jane! Sie lud ihn ein!

Florian vollführte einen russischen (griechischen?) Tanz, indem er in die Hände klatschte, mit den Fingern schnipste, mit den Knien knackte. Bei ihr! Die erhabene Frau lud ihn zu sich ein!

Das war zu intensiv. Er frohlockte. Er erstickte fast. Er öffnete das Fenster.

Er füllte seine Lungen mit Fühlingsluft und kam wieder zu Atem. Im Umriß des gegenüberliegenden Hauses zeichnete sich ein Schatten ab. Die Vorhänge wurden aufgezogen. Clémence erschien, ihr Hintern war mit geblümten Boxer-Shorts bekleidet, die Brüste waren nackt. Hinter der Scheibe bewegten sich ihre Lippen und artikulierten eine Frage. Florian bedeutete ihr, er verstehe sie nicht. Sie öffnete ihr Fenster.

«Jetzt?» fragte sie.

«In einer Stunde, meine kleine Liebe», rief er.

Er ging wieder zurück, um seinen Anrufbeantworter abzuhören.

«... kein Grund, ich verstehe das nicht, du verschwindest plötzlich ohne Erklärungen ... Du fehlst mir, ich will dich sehen ...» sagte die Aufnahme. Das war Mireille.

«Wie bei Corneille», sagte Nazulis. «Mein Wort oder mein Vergnügen. Der Ehemann oder der Gulliver. Mireille oder nicht Mireille. Ach ... ich weiß es nicht ... ich kann nicht wieder mit ihr anfangen ... aber ich habe solche Lust, sie zu sehen ... Aber ich habe versprochen ...»

«Bip-Bip ...»

«Wow! Die schöne Mitteilung, die schöne Stimme! Na denn also, mein lieber kleiner Anrufbeantworter. Wenn dein Herr mal nach Hause kommt, wirst du ihm dies mitteilen. Notierst du? Sandra an Florian. Nicht nachtragend. Liebe ihn immer noch. Schlägt ihm vor, mit ihr zusammen nackt für *Penthouse*-Fotos zu posieren. Schnelle Antwort.»

Habe ich einen schönen Arsch? fragte sich Florian und stellte sich im Profil vor den Spiegel.

Er wechselte die Seite und bemerkte unter der Tür einen Brief, den er beim Reinkommen nicht gesehen hatte. Er öffnete den Umschlag. Die Zeichnung stellte ein großes, mit rotem Filzstift gemaltes Herz dar (große Arschbacken vielleicht, sagte er sich). Darüber eine handgeschriebene Zeile von Florence: «Ich denke an Dich, mein Geliebter.»

«Florence, mein liebes Herz, mein lieber, anbetungswürdiger Arsch», träumte er. «Ach, das hatte ich ganz vergessen!» rief er plötzlich aus. «Meine Post!»

Er legte die Füße neben die maschinengeschriebenen Seiten der Abhandlung über den Arsch auf den Tisch und öffnete den ersten Brief. Er enthielt eine lange Strähne kastanienbrauner Haare. Er neigte die Nase und schnupperte ein- oder zweimal kurz daran.

Die kleine Estelle! Oh, mein lieber Engel!

Der Brief war sanft und heiß. Florian erlebte die üppigen Reben, die Nacht auf den Hügeln des Clos de Vougeot plötzlich noch einmal. Von neuem roch er an der Haarsträhne. In der Erinnerung an den jungen, hübschen Körper, der sich dem Orgasmus hingab, begann Gulliver zu zittern. Er hob seinen Kopf, wie immer war er neugierig, disponibel und fröhlich.

Ruhe, he! Ruhe! machte Florian. Wir haben Zeit. Wir haben das ganze Leben vor uns.

Er ging das Fenster öffnen und erschnupperte die Zusammensetzung der Luft. Seine Nasenflügel zitterten vor Erstaunen über ein neues Element.

– He, das ist der nahende Sommer. Man riecht den Sommer. Ach, Götter! Das Leben ist gut zu mir.

Er öffnete einen weiteren Brief, den die Post ihm von seiner vorherigen Adresse nachgeschickt hatte. Ein schlecht vervielfäligtes graues Blatt Papier.

In eine zusammengeknüllte Kugel verwandelt beschrieb der Gemeindebrief von Saint-Honoro eine Kurve, die das ganze Zimmer durchquerte, um genau in der Mitte des Abfallskorbs zu landen.

Das Telefon klingelte.

Am anderen Ende der Leitung ertönte irres Frauengelächter.

«Hallo, hallo?» wiederholte Florian. «Ach, du bist es, Natacha .... Was? ... Ja, ich höre ... Grüß dich, Sophie, grüß dich, Valérie ... Ja ... Morgen nachmittag, ja, ja, sicher ... Aber ja, das macht mich an ... Was? Ich verstehe euch nicht! ...»

Er drückte den Hörer ans Ohr.

«Freundinnen ... Aber ja ... Aber nein, im Gegenteil, kommt alle sechs ... Was? Aber ja, sicher, wir machen ein Fest, ihr könnt euch auf mich verlassen!»

Er hängte ein.

«Sicher. Sie können sich auf uns verlassen. Nicht wahr, mein lieber, mein treuer Gulliver?»

Erotik

Anonymus
Eskapaden einer Lady
Roman
(rororo 13419)
Die attraktive Alicia Brown will der schleppenden Karriere ihres Mannes Warren auf die Sprünge helfen – sei es auch um den Preis der ehelichen Treue. Je hemmungsloser sie sich mit ihren wechselnden Liebhabern aus den Chefetagen austobt, desto rasanter entwickelt sich die Karriere ihres Mannes. Der plötzlich erfolgsverwöhnte Warren ahnt natürlich nicht, wem er seinen kometenhaften Aufstieg verdankt...

Die Lust auf dem Lande
Roman
(rororo 12753)

Die Lust in der Stadt
Roman
(rororo 12776)

Spiele im Palazzo
Roman
(rororo 13372)

Venezianischer Reigen
Roman
(rororo 13449)

Emmanuelle Arsan
Emmanuelle oder Der Garten der Liebe
Roman
(rororo 11951)

Emmanuelle oder Die Kinder der Lust
Roman
(rororo 14014)

rororo Unterhaltung

Emmanuelle oder Die Liebe zur Kunst
Roman
(rororo 12608)

Römische Nächte
Roman
(rororo 13191)

Yin Yang und Jade
Roman
(rororo 12822)

Laura
Ein erotischer Roman
(rororo 22214)
In der exotischen Welt von Manila begegnen sich fünf Männer und Frauen, die weder Konventionen noch Tabus kennen. Auf einer gemeinsamen Forschungsreise durch die Philippinen geraten sie in eine Welt voller Geheimnisse und dringen immer tiefer in den Dschungel der Lust ein.

Weitere Informationen in der **Rowohlt Revue**, kostenlos im Buchhandel, und im Internet: **www.rororo.de**

3771/1

Wonnestunden

Gisela Krahl / Andrea Riepe
Wonnestunden *Betörende Düfte, schlüpfrige Öle und berüchtigte Salben*
Mit Illustrationen von Brian Grimwood
192 Seiten. Gebunden.
Wunderlich
«Schon die Aufmachung des Buches ist eine Wonne. Wir werden optisch verführt, den Verführungen nachzugeben, die die Autorinnen vor uns ausbreiten ... Folgen wir dem Buch, wird es unserem Wohlbefinden – und dem unseres Partners – an nichts mehr fehlen.»
Journal für die Frau

Andro
Mehr Spaß am Sex *Wie Männer bessere Liebhaber werden*
Mit Abbildungen
(rororo sachbuch 60647)

Lonnie Barbach
Mehr Lust *Gemeinsame Freude an der Liebe*
(rororo sachbuch 60397)

Andrea Baldauf / Stefan Biele (Hg.)
Was uns Anmacht *Die sexuellen Phantasien der Deutschen*
(rororo sachbuch 60331)
Pure Lust *Sexuelle Phantasien der Deutschen*
(rororo sachbuch 60635)

Jolan Chang
Das Tao für liebende Paare *Leben und Lieben im Einklang mit der Natur*
(rororo sachbuch 60715)

Bettina Hesse (Hg.)
Feuer und Flamme
(rororo 22823)
Heiß und innig
(rororo 22557)
Von Sinnen
(rororo 23037)

Lust
... träumen
... erleben
... genießen
(rororo sachbuch 60466)

Kathrin Passig / Ira Strübel
Die Wahl der Qual *Handbuch für Sadomasochisten und solche, die es werden wollen*
(rororo sachbuch 60941)

Weitere Informationen in der **Rowohlt Revue**, kostenlos im Buchhandel, und im **Internet: www.rororo.de**

3626/7